Y GARTHEN

Y GARTHEN

Sioned Wyn Roberts

atebol

Cyhoeddwyd gyntaf yng Nghymru yn 2025 gan Atebol Cyfyngedig,
Adeiladau'r Fagwyr, Llanfihangel Genau'r Glyn, Aberystwyth, Ceredigion
SY24 5AQ

Dyluniwyd gan Almon
Golygwyd gan Adran Olygyddol Cyngor Llyfrau Cymru

www.atebol.com

ISBN 978-1-80106-532-0

Dymuna'r cyhoeddwr gydnabod cymorth ariannol Cyngor Llyfrau Cymru

FSC www.fsc.org
CYMYSGEDD
Papur | Yn cefnogi coedwigaeth gyfrifol
FSC® C114687

Er cof am Dad

Iestyn Roberts

1932–2025

Dwi'n od. Yn wahanol. Mae pobol yn dweud bod chwinc arna i. Ac maen nhw'n iawn. Dydw i, Pegi Pwll Bach, ddim yr un peth â phawb arall. Mae fy meddwl yn gweithio'n wahanol – y brên wedi cael ei weirio yn rhywsut-rywsut. Sgen i ddim syniad pam.

Bydda i'n trio'n galed i ffitio i mewn, i reoli fy hun. Bihafio fel pawb arall. Ymdoddi i'r cefndir. Ac erbyn hyn, dwi'n dda am wneud hynny. Mor dda fel 'mod i wedi troi'n rhywun arall… rhywun diarth. Distaw. Swil. Llwfr. Byth yn herio.

Dwi mor dda yn ffugio bod yn rhywun arall, dwi wedi anghofio sut i fod yn fi fy hun.

1

Crawc! Crawc!

Mae brân fawr, ddu yn bomio hedfan o'r awyr yn syth ata i. *Crawc!* arall reit wrth fy nghlust – un sy mor swnllyd a brawychus, dwi'n troi'n rhy gyflym, yn colli balans ac yn baglu i bwll o slwj. Socsan!

'Hei! Be ti'n neud? Dwi'n fwd i gyd!' gwaeddaf ar y frân, sy erbyn hyn yn eistedd ar frigyn uchel ac yn syllu'n gam i lawr arna i.

Pegi! Pegi! meddai'r aderyn, mewn llais sy'n swnio'r un peth â fy llais i. Bysa hynny wedi gallu bod yn crîpi, ond Crawc ydy hon, y frân dwi wedi'i dofi. A dwi'n meddwl y byd ohoni.

Tua phump o'r gloch y bore ydy hi, mae'n dywyll fel bol buwch a dwi'n ymbalfalu drwy'r goedwig tuag at afon Rhyd Ddu er mwyn sgota am fy mrecwast. O'r diwedd, dwi'n cyrraedd, yn tynnu fy sgidiau hoelion mawr mwdlyd a'u gosod ar garreg sych. Yna, dwi'n plicio fy sanau gwlân i ffwrdd – sy'n wlyb diferyd ar ôl cael socsan – yn codi fy sgert wlân gynnes a'i bachu am fy nghanol, torchi llewys fy nghôt ac i mewn â fi i'r afon.

Awww! Mae'r dŵr yn rhewi!

Pam dwi'n cael gymaint o sioc, wn i ddim. Dwi'n gwneud hyn bob bore, a bob bore mae camu i'r dŵr iasoer yn artaith. Anadla'n ddwfn, Pegi; i mewn ac allan. Paid â meddwl am y boen. Jest dychmyga fod dy draed ddim yn rhan ohonat ti – sy ddim yn anodd, achos alla i ddim eu teimlo nhw yn y dŵr rhewllyd o gwbwl.

Dwi'n camu drwy'r afon at garreg lydan, wastad. Yn fan'ma, mewn twll o dan y garreg, bydda i'n cuddio piser bach o lefrith a lwmpyn mawr o fenyn hallt er mwyn eu cadw'n ffres.

Lle mae'r sach fwyd? Dwi'n stwffio fy llaw reit i mewn i'r twll oer ac o'r diwedd mae fy mysedd i'n cyffwrdd rhywbeth. Ond ddim ein sach fwyd ni ydy hon, mae hi'n teimlo'n hollol wahanol, fel lledr meddal. Od.

Ar ôl tynnu'r cwdyn allan yn ofalus dwi'n eistedd ar y garreg i'w astudio'n iawn. Bag lledr wedi'i glymu â chortyn cryf. Ar ôl bodio'r cwlwm yn benderfynol, mae'r cortyn yn llacio, y bag yn agor a dwi'n rhoi fy llaw i mewn ynddo. Ac mae fy nghalon i'n neidio wrth sylweddoli be sy'n y bag.

Arian! Llwyth ohono fo. Yn tincial fel dŵr yn byrlymu dros gerrig mân. Fesul un, dwi'n tynnu'r darnau pres allan ac yn eu gosod yn ofalus, ofalus ar y garreg. Mae'n anodd gweld yng ngolau'r wawr, ond galla i weld a theimlo'n ddigon da i gyfri tri deg pedwar darn o arian. Tri deg pedwar! Mae deg pisyn swllt, dau bisyn chwech, dwy geiniog, wyth dimau, pedair ffarddin, a darnau arian sy mor werthfawr dydw i erioed wedi'u dal yn fy llaw o'r blaen – dwy sofren aur a chwech hanner sofren.

Mae'r celc yma'n werth ffortiwn. Ffortiwn go iawn. Ar unwaith, mae fy mhen i'n pwmpio efo cwestiynau. O ble mae'r holl arian wedi dod? Pam ei fod wedi'i guddio yn yr afon? A be wna i efo fo?

Crawc! O'r goeden uwchben, mae Crawc wedi sylwi ar yr arian yn sgleinio.

'Tyrd Crawc, rhaid i ni fynd.' Rhoddaf yr arian yn ôl yn y cwdyn, ei stwffio i boced fy nghôt, casglu'r llefrith a'r menyn, rhoi fy esgidiau 'nôl am fy nhraed i a dwi'n ei throi hi am adre, fy meddwl ar chwâl.

2

‘Pegi, ti sy ’na?’ Nain ydy honna, wedi codi o’i gwely wensgot clyd ac yn eistedd ar gadair yn y gegin oer yn ei choban, yn aros i mi gynnau tân y bore a hwylio brecwast.

‘Ia, fi sy ’ma, Nain.’ Mae hi wedi drysu eto bore ’ma. Dwi’n estyn ei siôl frethyn o gefn y gadair ac yn ei lapio am ei sgwyddau tenau. Sut aeth Nain mor hen? Mor gyflym? ‘’Dach chi’n rhynnu. Pam wnaethoch chi ddim aros yn eich gwely? Mae hi’n rhewi ’ma.’

‘Fydd hi’n gynnes braf mewn chwinciad ar ôl i ti wneud y tân, Pegi fach. Mae’r fflamau’n cydio’n gyflym gen ti bob tro,’ meddai, a’i dannedd yn clecian, wel, yr ychydig o ddannedd sy ganddi ar ôl yn ei henaint.

Ond ydy, mae Nain yn iawn – dwi wrth fy modd

yn cynnau tân. I mi, mae o fel hud a lledrith, yn fy swyno bob tro. Mae gen i drefn arbennig ac fel hyn mae'n mynd: bydda i'n agor y drws tân ar waelod y stof a sgubo'r hen glincars a'r lludw allan o'r aelwyd oer efo brwsh a rhaw fach. Yna'n gosod y tân yn ofalus: gwellt sych yn gynta, wedyn brigau tenau, a'r talpiau coed ar y top. Stwffio mwy o wellt rhwng y preniau ac mae'r pentwr yn barod. Dwi'n tanio matsien yn ofalus a chynnau'r gwair sych. Ac yna bydda i'n syllu ar y fflamau'n codi drwy'r coed nes bod tanllwyth mawr o dân yn neidio'n sionc yn y

grât ac yn poethi'r stof i gyd. Rydan ni'n lwcus bod tyddyn Pwll Bach yng nghanol y goedwig, lle mae digon o goed tân i'n cadw ni i fynd drwy'r gaeaf. Ella ein bod ni'n dlawd, ond o leia rydan ni'n gynnes.

'Ydy'r uwd yn barod, Pegi?'

'Ddim eto, Nain.'

Ar frys, dwi'n mesur digon o geirch i Nain, Ifor a fi, yn eu tywallt i mewn i'r sosban efo dŵr a phinsied o halen a'i gosod ar y stof. Wrth i'r uwd ferwi, ga i gyfle o'r diwedd i astudio'r bag lledr yn iawn. A dwi'n dechrau camu yn nhraed fy sanau (sy'n dal yn socian) at y gwely wensgot yn y gornel er mwyn i mi gael llonydd. Mae golwg Nain yn pylu ac ychydig iawn mae hi'n ei weld erbyn hyn – ond mae ei chlyw hi mor siarp ag erioed, yn *fwy* siarp os rhywbeth.

'Lle ti'n mynd rŵan?' Na, does dim byd yn bod ar ei chlustiau – mae hi wedi 'nghlywed i'n cerdded y tu ôl iddi, er 'mod i yn nhraed fy sanau gwlyb.

'I wneud y gwlâu, Nain. Fydd yr uwd yn barod cyn bo hir.' Celwydd golau.

Agoraf ddrws y gwely wensgot a dringo i fyny ar y fatres, a dwi'n cau'r drws jest digon i adael rhywfaint o olau i mewn. Mae gwely wensgot Nain yn gysurus braf a bydda i'n sleifio i mewn yma ati hi i swatio pan fydda i'n oer neu arna i ofn yn y nos. Yn ara bach, rhag ofn i Nain glywed, dwi'n agor y cwdyn, yn tynnu'r darnau arian allan fesul un, a'u gosod yn drefnus ar y garthen hynafol sy'n gorchuddio'r gwely. O'r diwedd galla i weld y pres yn iawn.

Cyfri unwaith. Cyfri ddwywaith. Ac eto am y trydydd tro er mwyn gwneud yn siŵr. Oeddwn, roeddwn i wedi cyfri'r arian yn gywir ger yr afon – mae dwy sofren aur, chwech hanner sofren, deg pisyn swllt, dau bisyn chwech, dwy geiniog, wyth dimau a phedair ffarddin. Y cyfan werth pum punt, un ar ddeg swllt a saith ceiniog. Ffortiwn.

Alla i ddim credu faint o bres sy yma, ond o lle'n y byd ddaeth y trysor? Pwy guddiodd o yn yr afon? A pham? Mae'r holl beth yn ddirgelwch.

Gan chwilio am unrhyw fath o gliw, dwi'n astudio'r cwdyn lledr yn fanwl ac ar ôl teimlo a chraffu, o'r diwedd mi wela i fod stamp bach wedi'i losgi i mewn i'r lledr cochlyd. Olwyn ddŵr sy ar y llosgnod. Dwi'n gwybod be mae hynny'n ei feddwl – mae'r cwdyn yma wedi dod o Ffatri Wlân Rhyd Ddu. Y ffatri wlân lle dwi ac Ifor, fy mrawd, yn gweithio.

'Pegi… lle wyt ti?' hola Nain yn ei llais crynedig.

'Dŵad.' Yn frysiog, dwi'n stwffio'r arian yn ôl yn y bag lledr a'i guddio ym mhoced fy ffedog er mwyn i mi gael amser i feddwl beth i'w wneud nesa.

3

‘Lle mae ’mrecwast i bore ’ma, genod?’

Ifor fy mrawd sy yna, yn gweiddi’n bryfoclyd o’r grogloffit, cyn neidio i lawr y grisiau simsan ddwy ris ar y tro nes bod y bwthyn bach yn crynu. Llanc mawr, trwsgwl ydy Ifor, yn baglu a rhuthro’n swnllyd i bob man. Oes rhaid iddo wneud gymaint o dwrw? Cymryd gymaint o le yn y bwthyn ac yn gorwynt gwyllt yn ein bywydau ni? Mae Ifor a finnau’n hollol wahanol i’n gilydd. Dyna pam rydan ni’n gymaint o ffrindiau, mae’n siŵr – dau hanner yn gwneud un cyfan.

Ar unwaith, dyma Ifor yn gafael mewn llwy bren a mynd yn syth at yr uwd sy’n ffrwtian yn y sosban fawr uwchben y tân.

‘Mae hwn bron â llosgi! Be ti’n neud, d’wad?’ Mewn chwinciad mae o wedi estyn lliain, dal handlen boeth y sosban a'i thynnu oddi ar y tân jest cyn i'r uwd gydio. Yna mae'n ei chario at y bwrdd ac yn tywallt llond powlen o uwd trwchus iddo'i hun a phowlen bob un i Nain a finna, gan sblatio'r stwff dros y bwrdd i gyd. Pinsiad o halen yn uwd Ifor a fi, a llwyaid o fêl i Nain.

'Uwd da bore 'ma, Pegi,' meddai Nain yn annwyl.

Dwi'n chwythu ar yr uwd chwilboeth cyn mentro bwyta. Ond mae Ifor yn llowcio'r cwbwl ar frys – mae'n rhaid bod ei geg wedi'i wneud o haearn Sbaen!

'Well i ni'i siapio hi, neu fyddan ni'n dau'n hwyr am ein shifft,' medda fi, 'ac Amos yn flin.'

'Pwy?'

'Amos Wilias, Nain – y fforman.' Dwn i ddim pam dwi'n trafferthu egluro eto, tydy Nain erioed wedi bod yn y ffatri.

'Dim syniad pwy ydy o. Dydw i ddim yn nabod neb yn Ffatri Rhyd Ddu, dim fel Ffatri Bryncir ers talwm. O'n i'n nabod pawb yn fan'no, a'u teuluoedd i gyd.'

'Wel, Amos ydy bòs Rhyd Ddu a fydd o'n siŵr o docio'n cyflog os 'dan ni'n hwyr. Hy! Hynny o gyflog maen nhw'n ei dalu yn y ffatri, yndê, Pegi.'

Mae Ifor yn iawn. Ychydig iawn o arian mae gweithwyr y ffatri wlân yn ei ennill, a ni blant yn ennill llawer llai. Ac mae cyflog pawb yn dibynnu ar faint o wlân rydan ni'n ei gynhyrchu.

Chwalwr ydy Ifor, yn casglu cnu defaid a'i drin yn y peiriant chwalu er mwyn cribo'r clymau ohono. 'Cythraul' rydan ni'n galw'r peiriant – enw da, achos mae'r olwynion mawr, pigog yn edrych fel crafangau'r diafol ei hun! Sgwrio wedyn. Does neb eisiau sgwrio – job ddrewllyd ydy golchi'r gwlân seimllyd mewn hylif afiach er mwyn gwynnu'r gwlân, a hwnnw'n gymysgedd o ddŵr o'r afon ac wrin dynol. Ia, piso pawb sy'n gweithio yn y ffatri. Ych a fi!

Erbyn i Ifor a'r criw orffen trin y gwlân, mae o'n fflwfflyd ac yn lân. Mae'n barod wedyn i gael ei liwio, ac yna'i nyddu'n edau tenau a'i weindio ar rholiau tew. Dim ond ar ôl hynna i gyd y bydd yr edau gwlân yn barod i gael ei wehyddu a'i droi'n garthenni prydferth. A fi sy'n helpu i wneud hynny.

Ystofi ydy 'ngwaith i. Fi sy'n clymu'r edau gwlân ar y peiriant gwehyddu yn ôl patrwm y garthen. Does dim ond un ffordd o wneud hynny – mynd ar fy nghwrcwd o dan y peiriant peryglus a gosod yr edau ar y gweill.

Patrymau traddodiadol ydy'r carthenni fel arfer ond dwi wrth fy modd yn dychmygu patrymau fy hun yn fy mhen. Mae hi fel petawn i'n gweld y rholiau o edafedd gwlân yn dadrolio o flaen fy llygaid ac yn plethu'n batrymau hollol wreiddiol. Un diwrnod, rhywbryd yn y dyfodol, gobeithio ga i gyfle i gynllunio a gwehyddu carthen arbennig fy hun. Dyna 'mreuddwyd i.

Paid â hel meddyliau, Pegi – rhaid holi Ifor am y cwdyn arian cyn iddo fynd i'r gwaith. A rŵan, wrth iddo eistedd ar y fainc y tu allan i ddrws y bwthyn yn smocio pibell gynta'r diwrnod, dwi'n gweld fy nghyfle.

'Yli, ddois i o hyd i hwn yn yr afon bore 'ma,' medda fi, gan bysgota'r cwdyn trwm o boced fy ffedog a'i estyn ato.

'Be sy ynddo fo?' Mae llygaid Ifor fel soseri wrth agor y bag a thywallt yr arian i gyd allan ar y fainc. Distawrwydd am hir, wedi iddo gael sioc. 'Rargol fawr, Pegi, mae 'na ffortiwn yn y bag 'ma,' meddai o'r diwedd, yn brathu'r bibell glai rhwng ei ddannedd.

'Oes – mae dwy sofren aur, chwech hanner sofren, deg pisyn swllt, dau bisyn chwech, dwy geiniog, wyth dimau a phedair ffarddin. Hynny'n gwneud pum punt, un ar ddeg swllt a saith ceiniog.'

'Ia, wel, chdi ydy'r mathemategydd, Pegi. Dwi erioed 'di gweld gymaint o bres o'r blaen. Sofren ydy hon, felly?' meddai gan rowlio darn o aur rhwng ei fysedd.

'Weli di'r llosgnod ar y bag lledr? Stamp y ffatri wlân ydy hwnna.'

'Ia, wel y ffatri biau fo, felly – Syr Hugh John Ellis ei hun,' meddai Ifor. 'Mae'n rhaid bod rhywun wedi cuddio'r cwdyn yn yr afon i'w gadw'n ddiogel.'

'Lleidr ella? Wedi'i guddio yn yr afon ar ôl ei ddwyn o?'

'Ella wir,' meddai Ifor wrth rhoi'r pres yn ôl yn y bag. 'Ond ddim ni sy 'di ddwyn o, naci. A 'dan ni ddim eisiau cael bai ar gam, nag oes.'

Mae o'n pasio'r bag yn ôl i mi, a minnau'n ei guddio yn fy ffedog.

'Yli, y peth gorau fysa i ti fynd â'r cwdyn at Amos Wilias yn y ffatri ac egluro lle gest ti hyd iddo fo. Geith Amos ddelio efo'r peth wedyn, fo ydy'r bòs. Er, 'swn i'm yn trystio hwnnw chwaith, y diawl diegwyddor.' Mae Ifor yn poeri'r geiriau allan. Mae o'n casáu Amos Wilias, ac Amos Wilias yn casáu Ifor.

'Ei di â fo, Ifor?' holaf yn daer. 'Plis?'

'Na,' ateba'n flin. 'Dydw i ddim eisiau mynd yn agos at Amos os nad oes rhaid i mi. Dos di, Pegi, fyddi di'n iawn. Dwn i'm pam ti mor swil, wir.'

Mae Ifor yn iawn, mi ydw i'n swil. Wel, ddim swil yn union, dim eisiau siarad efo pobol ydw i. Fydda i byth yn siŵr iawn be i'w ddweud ac mae'n gas gen i sgwrsio efo pobol dwi'm yn nabod yn dda iawn. Maen nhw'n synhwyro hynny ar unwaith. Wel, a bod yn onest, mae'n hollol amlwg, achos bydda i'n edrych ar y llawr er mwyn osgoi eu llygaid nhw ac yn mwmial tiwn fach yn fy mhen. Gwirion ydw i. Bydda i eisiau cicio fy hun weithiau.

'Chdi ddaeth o hyd i'r cwdyn yn yr afon yndê, Pegi? Ella gei di gildwrn am ddod â'r trysor yn ôl i'r ffatri.'

'Iawn. A' i â fo,' medda fi, wedi cael fy nhemtio gan y cildwrn. Be ga i? Dimau? Ceiniog? Bydd *unrhyw* beth yn werth ei gael. Rhaid i mi fod yn ddewr, jest edrych i fyw llygad Amos Wilias, y bòs, ac egluro wrtho lle ddois i o hyd i'r cwdyn lledr. A bydd o'n gweld ar unwaith fy mod i'n hollol onest ac wedi dod â'r arian yn ôl, bob dimau. Beth all fynd o'i le?

Crawc!

Heb rybudd, dyma Crawc yn hedfan o'r goeden, bomio reit dros ben Ifor a glanio ar fy ysgwydd efo *Crawc* arall.

'Hei! Dos o 'ma'r diawl gwyllt!' Mae Ifor bron â neidio allan o'i groen! 'Yli, Pegi, paid â mynd â'r frân ddu 'na yn agos at y ffatri. Mae hi'n rhoi'r sbŵcs i bawb sy'n ei gweld hi. Ti ddim eisiau i neb feddwl dy fod di'n wrach, nag wyt?'

Crawc!

'Mae hi 'di dallt hynna, Ifor. Mae hi'n gwybod yn iawn bod ti'n deud pethau cas amdani. Un clyfar ydy Crawc, 'sti, yn gallu deud ei henw a phopeth.'

Crawc!

'Ei henw? Crawc ydy'r sŵn mae pob brân yn ei wneud, yndê. Fedar hi ddim siarad, siŵr iawn.'

Bydda i'n casáu clywed Ifor yn dweud pethau fel'na am Crawc. Mae hi'n ffrind da i mi, sgen i ddim ots be mae neb arall yn ei feddwl.

Dod o hyd iddi hi yn y clawdd wnes i, tua chwe mis yn ôl. Roedd hi'n swatio mewn twll yn y mieri, wedi torri aden. Tynnais i hi'n ofalus o'r gwrych, ei lapio yn fy siôl a'i chario 'nôl adre. Roedd hi'n denau ofnadwy, druan ohoni, ac mor wan. Ond ar ôl i mi olchi'r aden yn ofalus, ei rhwymo efo hances lân, a'i bwydo efo beth bynnag allwn i ei ffeindio – briwsion, ychydig o fwyar duon, mêl – dechreuodd hi gryfhau.

O fewn wythnos roedd hi'n medru fflapio ei haden fymryn bach, ac ar ôl i mi ddatod yr hances roedd yr asgwrn wedi gwella'n ddigon da iddi hedfan. Ond aeth hi ddim yn bell, a hyd yn oed pan oedd hi'n hollol iach ac yn hedfan fel y boi, arhosodd hi yn y goeden dderwen ger bwthyn Pwll Bach. A dyna lle mae hi wedi bod ers hynny, yn sbecian i lawr arna i, dod i fwyta briwsion o'm llaw a chael diod o ddŵr o'r fwced. Ambell waith daw â darn bach o wydr sgleiniog neu gneuen fach, a'u gosod ar y llawr o 'mlaen i, fel anrheg.

Roeddwn i wedi clywed bod brain, fel gweddill teulu adar y *corvus*, yn glyfar, ond ges i sioc o sylweddoli pa mor glyfar. O fewn pythefnos roedd hi wedi dechrau 'nghopïo fi'n siarad. Yn dweud *Helô* a *Pegi*, a *Ty'd yma*, mewn llais yn union fel f'un i. Ac yn anffodus, yn copïo Ifor yn rhegi hefyd efo'i *Duwadd* a *Diawl drwg!* – oedd yn ei gael i drwbwl efo Nain!

Mae Crawc yn fy nabod i'n iawn, hyd yn oed o bell, ac Ifor a Nain hefyd. A bob tro mae rhywun diarth yn dod yn agos at ein bwthyn, bydd hi'n crawcian yn flin a hedfan o gwmpas eu pennau'n fygythiol. Teimlad braf ydy cael ffrind sy'n gofalu amdana i, yn edrych i lawr arna i o'r goeden. Fel angel du.

'Arhosa di i fyny'n y goeden, Crawc,' medda fi, gan ei gwthio i ffwrdd, 'ac edrycha ar ôl Nain tra dwi'n y gwaith.' A hithau'n nodio'i phen, wedi dallt yn iawn.

Cyn gadael, dwi'n picio i mewn i'r bwthyn ac yn gosod platiad o fara a chaws ar y bwrdd ar gyfer cinio Nain. Yna'n rhoi tun brechdanau ym mhoced fy nghôt a rhedeg ar ôl Ifor, sy'n rhuthro ymhell o 'mlaen i ar ei ffordd i Ffatri Wlân Rhyd Ddu ar gyfer shifft y bore.

4

'Lle ddoist ti o hyd i hwn?'

'Yn yr afon, syr. Rhyd Ddu.'

Yn swyddfa Amos Wilias ydw i, yn sefyll wrth ei ddesg lydan, bwysig. Dwi wedi bod yma ers

tua hanner awr, wedi rhoi'r cwdyn lledr iddo, a'i wylio'n cyfri'r arian yn ofalus. Pob ceiniog. A rŵan, dwi'n ateb ac ailateb dwn i'm faint o gwestiynau ac yn teimlo mor anghyfforddus, dwi eisiau llithro rhwng y styllau cul ar y llawr fel taswn i'n ddarn o bapur. Mae'r sgwrs yn artaith. Pam wnaiff o ddim jest rhoi'r cildwrn i mi a gadael i mi fynd i weithio? Ond na, mae rhagor o holi.

'Rhyd Ddu? A be oeddat ti'n ei wneud yn fan'na, Pegi?'

'Nôl y menyn, syr. A'r llefrith. 'Dan ni'n eu cadw nhw'n oer mewn twll dan garreg,' medda fi wrth y llawr.

'Edrycha arna i pan dwi'n siarad efo ti, wnei di?'

Dydw i ddim eisiau edrych ar y dyn. Ddim am ei fod o'n hyll – mae o – ond achos mae arna i ofn y bydd o'n gallu syllu'n ôl arna i a gweld reit tu mewn i mi, a gwybod popeth amdana i.

Ond rhaid ufuddhau i'r bòs. Yn araf, dwi'n gorfodi fy hun i edrych i fyw llygaid Amos. Maen nhw'n llwyd fel cymylau stormus, mae ei dalcen blin wedi crychu fel croen ar gwstard oer, ac yn swatio yn ei locsyn seimllyd mae gwefusau cochwlyb. Dyma ddyn sy'n codi ofn. Dyn caled. Cymhleth. Fel petai o'n cuddio rhywbeth.

Mae Amos yn codi o'i gadair, yn camu at y drws

ac yn gweiddi ar Prysor y Trysor, clerc y ffatri, i ddod i mewn i'r swyddfa.

'Rydan ni'n dau wedi gweld y cwdyn lledr yma o'r blaen, dydyn, Prysor?' hola Amos wrth chwifio'r peth o flaen llygaid y clerc tal sy'n sefyll yn llipa fel pyped ar linyn sy'n rhy hir.

'Do, syr.' Daw ateb Prysor mor gyflym mae'n anodd credu ei fod wedi cael cyfle i astudio'r cwdyn yn iawn. Dwi'n synnu dim. Gŵr di-asgwrn-cefn ydy Prysor, fysa fo byth yn herio Amos.

'Diflannodd y cwdyn yma ddoe. Wedi'i ddwyn,' meddai Amos yn fygythiol, a thaflu'r bag at Prysor. 'Yn do, Prysor?'

'Ym, do, syr, os dach chi'n deud,' ateba hwnnw'n ansicr, cyn agor y sêff o dan y ddesg, cloi'r cwdyn i mewn ynddi, a llithro'r goriad i boced ei wasgod.

Dwi'n nodio'n gefnogol er mwyn cael gadael. Dwi wedi cael digon o hyn, dydy o'n ddim byd i'w wneud efo fi. Jest trio helpu o'n i. Trio cael cildwrn. Ond mae rhywbeth yn dweud wrtha i cha i ddim dimau goch gan Amos, a bod dod â'r bag lledr yn ôl ato fo wedi bod yn syniad twp iawn, iawn.

'Felly, mae lleidr yn y ffatri. Lleidr barus. Ac mae'n rhaid dal lladron, yn does, Prysor ...?'

'Oes, syr,' meddai hwnnw fel eco, ei ben i lawr wrth ffidlan efo bwnsiad o oriadau. Rargol, mae

Prysor yn gachgi weithiau. Dwi'n nodio fel ffŵl, yn cytuno, rhag ofn i Amos feddwl mai fi gymerodd y pres.

'... A'u cosbi nhw'n llym.' Dyma Amos yn cerdded at y lle tân a thynnu'r wialen fedw sy'n hongian ar fachyn uwchben y silff ben tân. Ar ôl troi ar ei sawdl, mae'n camu'n ôl at y ddesg gan chwifio'r ffon beryglus o 'mlaen i. 'Yn llym iawn.'

Dydy Amos ddim am fy nghosbi *i*, nac ydy? Fysa fo byth yn gwneud hynny, na fysa? Mae rhywbeth yng ngwaelod fy mol yn llacio, eisiau taro rhech ond gwell peidio.

'Lle mae dy frawd Ifor? Be mae o'n ei wbod am y cwdyn yma?' hola Amos yn filain. Pam mae o'n holi am Ifor? Dwi'n dechrau poeni o ddifri. Ddim fel hyn mae'r sgwrs i fod i fynd.

'Dydy o'n gwbod dim, syr. Fi ddaeth o hyd i'r bag yn yr afon, fel ddudis i. Doedd Ifor ddim ar gyfyl y lle.'

Crac! Mae Amos yn chwipio'r wialen i lawr ar y ddesg, yn troi ac yn cerdded yn gyflym allan drwy'r drws, a Prysor yn sgrialu ar ei ôl o fel ci bach. Sgen i ddim clem be sy'n digwydd ond dydy hyn ddim yn teimlo'n iawn o gwbwl. Ias i lawr fy nghefn, cledrau fy nwylo'n pigo â chwys. Gen i ofn symud gewyn. A gwell peidio, achos ches i ddim caniatâd i adael y swyddfa. Felly fan'ma ydw i, yn sefyll yn stond fel delw ac yn gwybod bod rhywbeth drwg ar fin digwydd.

Cyn bo hir, mae Amos yn rhuthro'n ôl i mewn i'r swyddfa, ei wyneb yn fflamgoch, a'i goler yn dynn am ei wddw chwyslyd. Wedi gwylltio. Mae o'n taflu rhywbeth ar y ddesg o 'mlaen i. Ceiniogau.

'Dy frawd di ydy'r lleidr. Ac mae rheina'n profi'r peth.'

'Beth? Be dach chi'n feddwl?'

'Ddes i o hyd i'r ceiniogau 'ma yng nghwpwrdd Ifor. Fo sy 'di dwyn y pres yma. A fo sy 'di dwyn y cwdyn arian a'i guddio yn yr afon. Ifor Pwll Bach ydy'r lleidr. Yndê, Prysor?'

'Ia, syr.'

'A rŵan mae o wedi'i heglu hi, wedi rhedeg i ffwrdd cyn i mi ei ddal o. Mae'n rhaid ei fod o'n euog achos dim ond rhywun euog sy angen dianc, yndê?' Efo pob brawddeg mae o'n camu'n agosach ac yn pwyntio'n ffyrnicach ata i.

Yna yn ddisymwth mae'n troi ar ei sawdl ac yn gweiddi drwy'r drws.

'Hogia! Dowch yma. Ma gen i job i chi.'

O fewn munudau, mae ei giang ffyddlon yn y swyddfa – Idwal, Twm Tomos a Jonah, tri o ddynion cryfaf y ffatri wlân. Dynion sy mor bwerus maen nhw'n sugno'r holl aer o'r stafell fach a dwi'n cael trafferth anadlu. Dwi'n crebachu i mewn i fy nillad er mwyn gwneud fy hun yn ddigon bach fel bod neb yn sylwi arna i.

'Pawb yn dallt be i'w wneud? Iawn, amdani!' Mae Amos yn rhoi pastwn trwchus i bob un a'u harwain nhw allan fel haid o fleiddiaid ar helfa – ac Ifor ydy'r prae.

Digwyddodd y cwbwl mor gyflym, mae fy mhen i'n troi fel topyn. Sut aeth popeth o'i le fel'na? Trio helpu o'n i wrth fynd â'r arian yn ôl. A rŵan mae Ifor mewn trwbwl. Trwbwl mawr, achos mae'r giang yma'n beryg bywyd.

5

Ges i fy siarsio gan Amos i weithio'n galed, felly dyma fi ar fy nghwrcwd dan wŷdd Dafydd Ifan yn ystofi. Boi caredig ac addfwyn ydy Dafydd Ifan, ac efo fo dwi wedi bod yn gweithio ers i mi ddod i'r ffatri tua chwe mis yn ôl. Rydan ni'n dallt ein gilydd yn reit dda erbyn hyn, a fynta wedi fy helpu i sawl tro, chwarae teg. Rŵan mae o'n plygu i lawr dan y peiriant, ac efo winc fach siriol, dwi'n gwybod ei fod o'n barod i ddechrau gwehyddu carthen newydd.

'Patrwm Caernarfon 'dan ni'n ei wehyddu heddiw, Pegi. Hwn ydy dy ffefryn di, yndê? Dyma ti'r cynllun.'

Dyma un o fy hoff garthenni. Er bod Dafydd Ifan wedi rhoi copi o'r cynllun i mi, dydw i ddim ei angen – fedra i gofio pob un patrwm fyddwn ni'n ei wneud yma yn y ffatri. Am ryw reswm, mae

patrymau'n dod yn hawdd i mi: maen nhw'n glir ac yn drefnus, bob tro 'run peth, ddim yn anwadal a chwit-chwat fel pobol. I mi, mae patrymau gymaint haws i'w deall na phobol. Wrth gwrs, bydda i'n cogio astudio'r cynllun a chyfri'r edau fel pawb arall, rhag ofn i Dafydd Ifan sylweddoli 'mod i'n dda am nabod patrymau a rhifau. Dydw i ddim eisiau i neb sylwi 'mod i'n wahanol – maen nhw'n fy ngweld i'n ddigon od fel mae hi.

'Ti'n barod i ddechrau, Pegi? Wedi astudio'r cynllun yn iawn, neu ti angen pum munud bach arall?' hola Dafydd Ifan.

Gan esgus dilyn y patrwm dwi'n clymu'r edau ystofion bob pen i'r ffrâm. Pump edau ystof coch, wedyn pump hufen a deg brown, cario 'mlaen yn y drefn yna nes bod y ffrâm yn llawn, yna tynnu'r edau'n dynn ac mae'r gwŷdd yn barod. Yn bwyllog, mae Dafydd Ifan yn gwthio'r wennol fach efo'r edau anwe o un pen i'r llall, wedyn yn codi'r ffrâm a gwthio'r wennol yn ôl.

'Nôl a 'mlaen. 'Nôl a 'mlaen. Ffrâm i fyny, ffrâm i lawr. I'r dde, i'r chwith.

Mae'r peiriant yn clacio, y wennol llawn edau'n hedfan o un pen i'r llall a'r patrwm yn ffurfio'n araf. A thrwy'r cyfan, bydda i'n sgrialu dan y gwŷdd i gasglu'r fflwff a'r blewiach sy'n cronni rhwng nodwyddau a bachau'r peiriant.

Casglu fflwff ydy'r job fwya peryglus yn y ffatri, a ni blant sy'n gwneud honno. Rhaid i ni stwffio ein bysedd i mewn rhwng nodwyddau'r peiriant yn gyflym i dynnu'r fflwff a'r blew, cyn i'r gwehyddwr symud y ffrâm drwm i fyny ac i lawr. Am fod popeth yn digwydd mor gyflym, mae'n hawdd i'n bysedd gael eu dal yn y peiriant mawr. Dwi wedi bod yn lwcus hyd yma, ond mi gollodd Samwel bys bach ei law dde mewn damwain tua mis yn ôl. Ac mae gwallt hir Lisi Bach wedi cael ei ddal yn y peiriant mor aml, fe siafiodd ei mam y cwbwl nes bod Lisi druan yn edrych fel hen ŵr moel.

Mae gymaint o ddamweiniau'n digwydd fel'na.

A ni blant sy'n diodde, achos ni sy'n ystofi a chasglu fflwff dan y peiriannau peryglus efo'n bysedd bach chwim.

Heddiw, dwi'n gorfodi fy hun i ganolbwyntio. Yn gorfodi fy hun i wrando ar y peiriant yn clacio a dyrnu wrth i'r wennol gael ei gwthio 'nôl a 'mlaen, 'nôl a 'mlaen mewn rhythm, a'r ffrâm yn cael ei symud i fyny ac i lawr, i fyny ac i lawr. Clac, clac y peiriant. Wwsh, wwsh y wennol. Unrhyw beth i dynnu fy sylw a stopio rhag hel meddyliau.

Dydy o ddim yn gweithio.

Alla i ddim peidio poeni am Ifor. Meddwl am y criw o ddynion peryglus sy'n ei hela, pob un yn benderfynol o ddal y lleidr. Alla i ddim coelio bod Ifor, fy mrawd, wedi dwyn yr arian. Mae'r peth yn anghredadwy. Wnaeth o ddim, naddo? Wel, mae Amos yn iawn am un peth – does neb dieuog yn rhedeg i ffwrdd, nag oes?

I ble mae o wedi dianc? Fydd o ddim digon twp i fynd adre i fwthyn Pwll Bach, na fydd? Dyna lle aiff y criw gynta. Fedra i eu dychmygu nhw rŵan. Jonah yn bangio ar y drws. Idwal yn gweiddi. Twm yn hefru. Y tri'n ysgwyd eu pastynau'n fygythiol. Byddan nhw'n dychryn Nain, druan. Ond wnaiff hi ddim dweud wrthyn nhw lle fydd Ifor yn cuddio

– wel, fedar hi ddim dweud, achos wnaiff hi byth gofio, a hithau mor ffwndrus erbyn hyn.

Ond dwi'n cofio'n iawn. Ogof Deunant. Ogof glyd, yn cuddio rhwng dwy nant fyrlymus yng nghanol y goedwig. Ein hoff le ni'n dau. Dyna lle fydd Ifor yn dianc bob tro ar ôl ffrae neu ffeit. Hogyn gwyllt ydy o. Penboeth. Colli ei dempar. Codi twrw. Tynnu pobol i'w ben. Mae pawb yn nabod Ifor Pwll Bach. Rebel. Arwr sy'n arwain y gad, yn codi cwestiynau, protestio. Yn y ffatri bydd o'n ymladd dros ryw achos neu'i gilydd drwy'r amser: cyflogau gwell, llai o oriau gwaith, mwy o wyliau. Weithiau bydda i'n meddwl mai esgus ydy hynny i gyd er mwyn iddo gael codi twrw.

Ddim dyna'r Ifor dwi'n nabod. Mae fy Ifor i yn annwyl. Caredig. Bu'n gefn i fi yn y ffatri o'r dechrau: yn fy helpu pan fydda i'n cael trafferth efo pobol, a neidio i'r adwy pan fydda i ddim yn siŵr sut i ymateb. Peth da ydy cael Ifor ar dy ochor pan ti 'chydig yn wahanol, fel fi.

Ding-dong.

'Amser cinio, Pegi,' meddai Dafydd Ifan gan stopio'r peiriant ac estyn tun bwyd. 'Tyrd, awn ni allan i eistedd ar y gwair i fwyta. Wneith hi les i ti gael awyr iach. A gei di rannu'r afal 'ma efo fi – y cynta o'r goeden eleni.'

Nodio, iawn.

Ar unwaith, dwi'n difaru. Wrth i mi ddilyn Dafydd Ifan drwy'r ffatri tuag at y drws, mae Heti Rees a Hanna Meri yn stopio sgwrsio ac yn troi i syllu. A'r gwehyddwr Huw Hen yn sibrwd rhywbeth cas wrth Moses y Chwalwr a'r ddau'n gwgu arna i. Dwi'n binnau bach poeth i gyd. Mae'n hollol amlwg fod pawb yn hel clecs am Ifor – y lleidr. Hwn ydy'r Ifor sy wedi'u helpu nhw i ymladd dros eu hawliau. Sy wedi ennill diwrnod o wyliau ar Galan Mai a Diolchgarwch. Sy wedi codi arian i helpu teuluoedd ar ôl damwain ddifrifol. Rhyfedd fel mae pobol oedd yn galw eu hunain yn ffrindiau i fy mrawd wedi newid a throi'r tu min. Jest fel'na. Heb gwestiynu pwy sy'n dweud y gwir a phwy sy ddim.

Y ffaith ydy, mae'n amhosib gwybod beth ydy'r gwirionedd, ac Ifor wedi dianc fel'na. Wedi rhedeg i ffwrdd jest cyn i Amos ddod i chwilio amdano. Pam wnaeth o hynny? Dwi'n dechrau amau fy mrawd fy hun. Ond na, rhaid i mi ddal i gredu bod Ifor yn ddieuog ac mai camddealltwriaeth ydy hyn i gyd.

6

Newidiodd popeth ar ôl i Tada farw. Tua pedair blynedd yn ôl oedd hynny, pan oeddan ni'n byw ym mhentre Bryncir. Dim ond tair ar ddeg oedd Ifor, a finnau'n naw oed, pan ddaeth y gnoc ar y drws. Damwain yn y ffatri wlân. A chwalodd ein bywydau ni. Mewn amrantiad.

Jest cyn Pasg oedd hi, 1863. Dwi'n ei gofio fo fel ddoe. Diwrnod oer, gwyntog. Roedd gwanwyn yn hwyr y flwyddyn honno. Roedd gen i siôl gynnes amdana i ac roedd tanllwyth o dân yn y grât. Ond y diwrnod hwnnw, ar ôl i Mr Rees, rheolwr Ffatri Wlân Bryncir, ddod i'r tŷ a dweud wrthan ni bod Tada wedi marw mewn damwain yn y gwaith, wnes i rewi reit drwodd i'm calon. Doedd dim ots pa mor agos o'n i at y tanllwyth o dân yn y grât, na faint o ddillad cynnes oedd amdana i, roedd fy nghroen fel rhew. Wnes i erioed deimlo oerfel fel'na o'r blaen, a fuodd hi'n fisoedd lawer cyn i mi gynhesu drwyddaf a dechrau dadmar. Dechrau byw.

Roedd Ifor yn teimlo'r galar yn waeth achos mi fethodd â helpu. Roedd Tada wedi trefnu job ystofi i Ifor yn y ffatri, ac roedd i fod i gychwyn ei job newydd ar y cynta o Ebrill. Ond y bore hwnnw roedd Ifor yn swp sâl, wedi methu codi o'i wely i fynd i'r gwaith ac wedi colli'r diwrnod cynta yn y job. A dyna'r diwrnod digwyddodd y ddamwain.

Doedd neb yn siŵr iawn be ddigwyddodd, na pham. Ond rhywsut, wnaeth ffrâm drwm y peiriant gwehyddu ddod yn rhydd a syrthio, ac roedd Tada yn y lle anghywir. Bu farw yn y fan a'r lle, meddan nhw. Doedd dim modd ei achub. O fewn oriau, roedd Edward Morris y fforman wedi diflannu. Felly chafodd neb y bai a chymerodd neb y cyfrifoldeb. Oedd nam ar y peiriant? A fysa'r ddamwain wedi digwydd tasa'r peiriannau ddim mor hen a pheryglus? Petai'r fforman wedi gofalu am ddiogelwch y gweithwyr a fysa Tada dal yn fyw ac iach? Chawn ni byth wybod y gwir.

Aeth Ifor ddim i weithio yn Ffatri Wlân Bryncir ar ôl y ddamwain. Roedd o'n gwrthod mynd yn agos at y lle. Ond fo oedd y penteulu erbyn hynny ac yn gorfod cynnal Nain a fi, felly roedd rhaid iddo chwilio am waith yn rhywle arall. Cafodd gynnig job yn Ffatri Wlân Rhyd Ddu, oedd yn ddigon pell o Fryncir. Fe symudon ni'n tri i dyddyn Pwll Bach ym Mhen Llŷn a dechrau eto, mewn ardal lle doedd neb yn ein nabod ni, a ni'n nabod neb.

Roedd Nain yn hi ei hun yr adeg honno. Doniol, hwyl, llawn bywyd. Ond ar ôl i Tada farw ac i ninnau godi pac a symud i fwthyn Pwll Bach, dechreuodd hi newid yn raddol. Mae hen bobol yn ffwndro yn beth digon cyffredin, dydy? A phan maen nhw'n colli menyg neu'n anghofio rhoi halen yn y cawl mae'n mynd yn dipyn o jôc.

'Gynnoch chi gof fel gogor,' meddai Ifan, yn chwerthin wrth bryfocio Nain.

Ond ar ôl ychydig, roedd hi'n amlwg bod hyn yn fwy na jest colli pethau dibwys neu anghofio enwau – roedd yn gyflwr mwy difrifol o lawer. Beth achosodd o, tybed? Henaint? Salwch? Iechyd meddwl? Beth bynnag oedd y rheswm, erbyn hyn mae hi wedi newid yn llwyr a weithiau fydda i'n poeni na dim Nain sy yna mwyach, ond rhywun arall yn gwisgo ei chroen hi.

Wrth i Nain waethygu, fi sy wedi bod yn gwneud y gwaith tŷ i gyd – y cwbwl lot. Cario dŵr o'r afon, berwi dŵr i olchi a sgwrio dillad efo sebon coch nes bod fy nwylo i'n amrwd, nôl llefrith, corddi menyn, pobi bara, coginio cawl, plannu tatws a ffa, tendio'r ardd fach o flaen y bwthyn, heb sôn am nyddu gwlân ar y droell fawr. Doedd hi ddim yn hawdd dysgu sut i droelli cymylau o wlân yn edau tenau. Dim ond naw oed o'n i, ac mor fyr fel bod rhaid i mi glymu blocyn o bren o dan bob troed er mwyn cyrraedd y llawr. Ro'n i'n wraig tŷ ymhell cyn i mi fod yn oedolyn – doedd gen i ddim dewis.

Prin fod Ifor yn sylwi be oedd yn mynd ymlaen yn y bwthyn – doedd dim syniad ganddo pwy oedd yn gwneud y gwaith i gyd ac yn gosod y cawl tenau o'i flaen ar y bwrdd bob nos ar ôl ei shifft yn Ffatri Rhyd Ddu. Roedd o wedi blino gormod i feddwl. Neu ella ddim eisiau meddwl oedd o. Roedd hi'n amlwg i ni'n dau fod Nain yn dirywio. Ffwndro, methu cofio, cymysgu geiriau ac anghofio enwau. Ac yna, yn waeth na dim, roedd hi'n colli ei golwg yn raddol. Wedyn dechreuodd hi godi ganol nos a stwna yn y gegin. Neu grwydro'n bell o adre. Un waith, aeth hi'n beryglus o agos at yr afon, a honno'n byrlymu'n wyllt ar ôl glaw trwm. Wnaethon ni gloi'r drws bob nos ar ôl hynny.

Y peth anodda ydy bod Nain ei hun yn sylweddoli bod rhywbeth o'i le. Ond rydan ni i gyd yn anwybyddu'r cwbwl. Nain, Ifor, fi. Byth yn trafod ein gofidion efo neb. Pawb ofn cyfadde bod Nain yn sâl, rhag ofn y caiff ei labelu'n wallgof a'i hanfon i'r seilam yn Wyrcws Gwag y Nos.

7

Sŵn gweiddi a hefru. Mae Amos a'i griw yn ôl yn y ffatri ar ôl bod allan yn chwilio am Ifor drwy'r dydd. Yn waglaw. A dyma Amos yn taranu i mewn drwy'r drws a dod yn syth amdana i'n ystofi dan beiriant Dafydd Ifan, wedi gwylltio'n gynddeiriog.

'Tyrd allan o fan'na.' Dwi'n ufuddhau ar unwaith, fy nghoesau fel jeli. Mae'r pastwn yn cael ei chwifio dan fy nhrwyn yn fygythiol a dwi'n gorfodi fy hun i syllu i fyw llygaid llwyd y bwli. 'Lle mae o'n cuddio? Dy frawd? Mae'n rhaid bod ti'n gwbod.'

'Wn i ddim, syr.' Sy'n wir, dydw i ddim yn gwybod i sicrwydd lle mae Ifor. A diolch byth am hynny neu fysa Amos yn gweld ar unwaith 'mod i'n dweud celwydd. Ar ôl gofyn yr un cwestiwn ddwywaith a chwifio'r pastwn yn frawychus o agos, wela i ei lygaid yn fflachio. Mae o wedi cael syniad.

'Gwrandewch! Bawb!' Mae Amos yn camu i fyny ar stôl fach deircoes a bloeddio ar y gweithwyr i gyd. 'Stopiwch y peiriannau. Pawb. Gwrandewch.'

Ddim yn aml mae o'n gofyn i ni stopio gwehyddu. Ac mae'n cymryd hydoedd i bawb ufuddhau gan ei bod hi mor anodd clywed dros sŵn y peiriannau'n clacio a chlepian wrth wneud y brethyn. O'r diwedd, tawelwch. Mae arna i ofn clywed beth ddaw nesa.

'Fel dach chi i gyd yn gwbod erbyn hyn, mae Ifor Pwll Bach wedi dwyn celc mawr o arian o'r ffatri ac wedi ffoi. Os oes unrhyw un ohonoch chi'n gweld y lleidr, neu'n gwbod lle mae o'n cuddio, dewch ata i'n syth.' Dyma Amos yn llithro'i fysedd i mewn i boced ei wasgod ac estyn rhywbeth. 'Ac i bwy bynnag sy'n dod â gwybodaeth wnaiff helpu i ddal y dihiryn, mae gwobr...' Ei ddal i fyny er mwyn i bawb weld beth ydy o. 'Hanner coron newydd sbon danlli.'

Fel un, mae'r gweithwyr yn *www-io* ac *aaa-io* neu'n dweud *hanner coron* dan eu gwynt ac agor eu llygaid yn llydan, fel tasan nhw wedi gweld gwyrth.

Wrth i Amos chwifio'r pisyn hanner coron yn uchel er mwyn i bawb ei weld yn iawn, mae'r haul yn llifo drwy'r ffenest ac yn sgleinio ar yr arian nes ei fod bron â'n dallu ni. Mae hanner coron yn fwy na fyddwn ni'n ei weld mewn tua mis. Bysa'n cymryd wythnosau o waith caled i mi ennill pres fel'na.

Dwi'n edrych o'm cwmpas. Fydd neb yn bradychu Ifor, na fydd? Fydd neb yn dweud wrth y bòs lle mae o, na fydd? Fysan nhw byth, na fysan? Ddim ar ôl i Ifor frwydro dros hawliau i'r gwehyddwyr ac amodau gwell i bawb?

Ond nid undod na chefnogaeth dwi'n ei weld ar wynebau'r gweithwyr llwglyd. Angen. Caledi. Ofn. Dyna beth wela i. Ac mae o'n frawychus. Dyma beth mae gweld arian yn sgleinio o flaen eu trwynau yn ei wneud i'r werin dlawd sy'n mynd i'r gwely bob nos yn llwgu. Yn bwydo'u plant efo uwd tenau ac yn casglu danadl poethion o'r cloddiau er mwyn gwneud te.

Dwi'n nabod pawb yma ac mae ganddyn nhw'r un wep: tenau, main, esgyrnog, llygaid wedi suddo i mewn i'w penglogau. Pryder sy'n achosi hynna – pryder o ble ddaw'r pres i dalu am y swper nesa neu'r rhent wythnosol. Rydan ni i gyd yn llwgu. Drwy'r amser. A dydw i ddim yn hollol siŵr a fydd unrhyw un o'r rhain yn gallu gwrthod gwobr fel'na. Hanner coron. Mae gan pawb ei bris. Ac i ni'r werin, isel iawn ydy'r pris hwnnw.

Does neb yn edrych arna i am weddill y pnawn. Dydy Lisi Bach sy'n ystofi dan y peiriant drws nesa i mi, na Samwel sy'n ystofi dan y peiriant o 'mlaen i, yn dweud dim. Mae'r ddau'n osgoi fy llygaid. Pawb wrth eu gwaith. Yn canolbwyntio. Finnau hefyd – pen i lawr, cuddio dan y gwŷdd yn gosod yr edau i Dafydd Ifan, wrth i hwnnw wthio'r wennol sy'n dal yr edau gwlân 'nôl a 'mlaen o un pen y gwŷdd i'r llall.

Na, fedra i ddim dibynnu ar neb yn fan'ma. Gall unrhyw un o'r rhain droi'n fradwr mewn amrantiad. Cymryd yr hanner coron a bradychu fy mrawd. Ein brawd ni i gyd.

8

'Pegi. Pegi? Ti'm yn mynd allan rŵan, wyt ti? Mae hi'n ganol nos.'

Daria, mae Nain wedi deffro, a finnau'n meddwl 'mod i'n ddistaw.

'Mond wyth o'r gloch ydy hi, Nain. Mynd i'r afon i nôl dŵr ydw i, cerwch chi'n ôl i gysgu.' Dwi'n palu celwydda, tua un ar ddeg ydy hi mewn gwirionedd. Mae'n haws dweud celwydd yn y tywyllwch. Wel, mae'n haws dweud celwydd wrth Nain achos wnaiff hi ddim cofio. 'Nos dawch.'

'Nos dawch, Beca ...'

Dydw i ddim yn trafferthu cywiro Nain pan mae hi'n fy ngalw i'n Beca. Mam ydy Beca, ac mae clywed ei henw'n rhoi ysgytwad i mi bob tro.

Sefyll wrth ddrws y bwthyn ydw i, ar fy ffordd allan i'r goedwig i chwilio am Ifor, yn cario carthen dros fy ysgwydd fel sach, a honno'n dal crystyn o fara, lwmpyn o gaws a phiser o lefrith. O fewn munudau, mae Nain wedi mynd yn ôl i gysgu ac yn chwyrnu'n braf yn ei gwely wensgot. Heb oedi, dwi'n codi cliced y drws yn ara bach, ac i ffwrdd â fi i'r nos, a Crawc yn hedfan uwchben.

Sgen i ddim ofn bod allan yn y goedwig berfeddion nos – dwi'n teimlo'n gyfforddus yn y tywyllwch. Y düwch cyfarwydd. Bydda i'n lecio meddwl amdano fel clogyn melfed amdana i. Fel tasa Mam yn rhoi mwytha braf i mi. Fy nal i'n agos at ei mynwes ac yn dweud wrtha i'n ddistaw yn fy nghlust, 'Dwi'n dy garu di, Pegi fach.'

Maen nhw'n dweud 'mod i 'run ffunud â Mam, ein dwy efo gwallt coch tanbaid a brychni'n dywod dros groen gwelw. Fydda i byth yn gwybod y gwir, wrth gwrs – farwodd hi ddyddiau ar ôl i mi gael fy ngeni. Peth cyffredin. Rhy gyffredin o lawer.

Dwn i'm pam 'mod i'n teimlo mor emosiynol. Ydy hynny'n naturiol? Caru rhywun dydw i ddim yn ei nabod? Rhywun fydda i byth yn ei nabod, byth yn ei gweld tra dwi byw. Ond mae hi yma efo fi, mi wn i. Yn y tywyllwch melfedaidd meddal. Ac mae hynny'n rhoi cysur i mi.

A rŵan fi sy'n gorfod bod fel mam. Yn fam i

Nain. Achos mae hi'n mynd yn debycach i blentyn wrth iddi fynd yn hŷn.

Crawc!

Mae cri'r frân yn fy neffro. Stopia synfyfyrio, Pegi. Deffra. Ydy Crawc wedi clywed rhywbeth? Sefyll yn stond. Edrych o'm cwmpas. Calon yn curo fel morthwyl. Wela i ddim byd.

Crawc!

Ymlaen â fi, yn fwy gwyliadwrus y tro yma rhag ofn bod rhywun yn fy nilyn tua'r ogof.

Mae Ogof Deunant yn anodd ei chyrraedd. Mae hi rhwng dwy nant fyrlymus, yn uchel yn y creigiau serth, a rhaid camu dros gerrig llam y nant, wedyn dringo i fyny pentwr o greigiau. Bu'n glawio dipyn wythnos yma, felly mae'r dŵr yn wyllt a'r creigiau'n beryglus o lithrig.

Dwi'n cofio'n iawn lle i osod fy nhraed ac i fyny â fi. Dim ond ar ôl camu ymhell i mewn i'r ogof dywyll dwi'n mentro galw, 'Ifor?' ac eto, yn uwch, 'Ifor?'

'Wnaeth rhywun dy ddilyn di?' Ges i gymaint o fraw pan neidiodd Ifor allan o'r tywyllwch efo pastwn mewn un llaw a channwyll yn y llall, y cysgodion yn ei droi'n ysbryd arswydus. Dwi'n methu anadlu am ychydig.

'Naddo siŵr,' medda fi'n ffug-ddewr, ddim eisiau i Ifor weld 'mod i'n gachgi. Wel, dwi'm yn meddwl i neb fy nilyn. Wnes i ddim sylwi'n iawn, ro'n i'n rhy brysur yn meddwl am Mam. Taw piau hi.

'Gen i swper i ti'n fan'ma. A blanced gynnes.' Dwi'n gosod y garthen ar y llawr i ni'n dau eistedd arni, ac yna'n estyn y bwyd.

Mae Ifor yn llowcio'r bara a chaws ar unwaith, sy ddim yn syndod a fynta heb fwyta ers i ni gael brecwast peth cynta bore 'ma. Diwrnod hir. Wrth iddo sglaffio, dwi'n egluro beth ddigwyddodd yn y ffatri: bod Amos wedi rhoi stŵr i mi yn ei swyddfa, ei fod o wedi mynd i chwilio am Ifor, wedi ffeindio arian mân yn ei gwpwrdd, a bod criw yn chwilio'r ardal amdano.

'Lwcus i mi ddianc pan wnes i.'

'Sut oeddat ti'n gwbod bod Amos ar dy ôl di?'

'Nanw Cae Crin,' meddai'n swil. 'Hi ydy un o'r unig rai yn y ffatri alla i drystio y dyddiau 'ma.' Swig hir o lefrith oer.

'Ti'n gwbod bod Amos 'di bod yn ysu i gael gwared ohona i ers iddo fo gyrraedd y ffatri wlân, wel rŵan mae o wedi ffeindio'r esgus perffaith i roi fi yn y carchar,' meddai Ifor yn flin, yn poeri briwsion bara i bob man. Yna mae'n troi'n feddylgar. 'Dwi 'di bod yn annoeth, Pegi. Pam wnes i ddim sylweddoli y bysa hyn yn digwydd bore 'ma, pan welais i'r cwdyn arian gen ti? A fi ddudodd wrthat ti i fynd â'r pres at y bòs. Twpsyn,' meddai gan gnocio'i ben â'i ddwrn fel tasa fo'n ddarn o dderw.

'Beth os nad "esgus" Amos i dy roi di yn y carchar ydy hyn?'

'Be ti'n feddwl?'

'Wel...' Dydw i ddim yn siŵr iawn sut i ddweud hyn wrth fy mrawd fy hun, felly mae o i gyd jest yn dod allan ar unwaith. '... Ai chdi wnaeth ddwyn y cwdyn arian a'i guddio yn yr afon?'

'Be? Fi? Naci siŵr.' Galla i weld cysgod du'n croesi ei wyneb yng ngolau'r gannwyll denau. Mae o wedi gwylltio. Wedi'i frifo. 'Ti'n galw fi'n lleidr, a finnau'n frawd i ti?'

'Wel, na, ond mi wnest ti redeg i ffwrdd, yn do? Ac mi wnaeth Amos ffeindio pres yn dy gwpwrdd di, yn do?'

'Medda *fo*, yndê. Wedi'u rhoi nhw yna oedd o, siŵr iawn, er mwyn fy nal i.' Mae Ifor mor gandryll mae o'n codi ofn arna i. 'Welist ti'r pres *YN* y cwpwrdd?'

Ysgwyd pen. Na.

'Dyna ni, 'ta. Mae'r dyn yn slei, Pegi. Dwi 'di bod yn ddraenen yn ei ystlys ers iddo fo ddod i weithio fel bòs arnan ni. Undebwr ydw i, yndê, yn trio cael mwy o hawliau i weithwyr y ffatri. Aeth o o'i go' pan gafon ni ddiwrnod o wyliau gan Syr Hugh adeg y cynhaeaf. Ond fysa Amos byth yn herio'r perchennog ei hun, na fysa? Dydy'r dyn ddim yn dwp, felly dial arna i mae o.'

Crawc, crawc! swnllyd o'r goedwig. Rhybudd gan yr angel du.

'Cuddia!'

Ond does dim amser i symud. Clywn sŵn coed a brigau'n cracio dan draed y tu allan, sgidiau trwm yn sgrialu i fyny'r cerrig i'r ogof, ac i mewn â'r criw o helwyr cryf, pob un yn cario pastwn trwchus. Amos ar y blaen.

'Daliwch o, hogia.' Mae Amos yn camu o'r neilltu a'r tri horwth yn rhuthro'n syth am fy mrawd.

Mae Ifor yn ddewr, yn sgwario i fyny i'r tri, ei ddyrnau'n uchel o'i flaen yn barod i gwffio.

'Pwy sy gynta, bois? Jonah? Twm Tomos? Beth amdanach chdi, Idwal?'

Maen nhw'n chwerthin yn ei wyneb a rhuthro amdano.

Does gan Ifor ddim gobaith. O fewn munudau mae fy mrawd ar y llawr, yn griddfan mewn poen a'r tri'n pwyso arno. Idwal yn penlinio ar ei frest, Twm Tomos yn clymu ei freichiau â rhaffau tew, a Jonah yn tynnu sach dros ei ben.

'Yn syth i'r carchar â hwn...' meddai Amos, yn ymddangos ar ôl i'r bwlis wneud ei waith budur drosto.

'Na, peidiwch!' dwi'n gweiddi, yn benderfynol o fod yn ddewr, yn halio côt Jonah, yn trio tynnu Twm Tomos i ffwrdd, yn sgrechian ar Idwal, 'Gadwch lonydd iddo fo.' Dwi'n protestio bod Ifor yn ddieuog, bod hyn i gyd yn gamgymeriad, ond sdim pwynt. O fewn dim, mae'r dewrder wedi mynd, fy llais yn wich fel llygoden fach, a finnau'n Pegi wan unwaith eto.

‘Yli di, Pegi,’ meddai Amos yn greulon. ‘Mae dy frawd yn ddihiryn, dim byd ond trwbwl. Cadwa allan o’n ffordd i neu mi fyddi di a dy deulu cyfan yn diodde.’

Dwi’n cael fy ngwthio i’r ochor yn hegar, yn colli balans, yn syrthio a chnocio fy mhen ar garreg. Clywaf grawc ymhell i ffwrdd ac yna düwch.

9

'Pwy fysa'n meddwl?'

'Ia, Ifor Pwll Bach o bawb. Yn lleidr.'

'Cuddio mewn ogof oedd o, meddan nhw.'

'A rŵan mae o'n y carchar.'

Pan dwi'n cerdded i mewn i'r ffatri ar gyfer fy shifft y bore wedyn, mae'r lle yn ferw o bobol. Pawb yn hel clecs am Ifor yn cael ei ddal gan Amos a'r criw neithiwr a'i fod erbyn hyn dan glo. Yn y gornel bellaf wela i Jonah, Idwal a Twm Tomos yn crechwenu'n slei arna i, y bradwyr.

'Hei!' meddai Morus Huw yn ei lais main. 'Edrychwch, mae Pegi Pwll Bach 'di cyrraedd.'

Mae pawb yn rhuthro ata i, yn gweiddi ar draws ei gilydd yn holi am fy mrawd ac eisiau clywed y stori i gyd. Mae'n gas gen i pan mae pobol yn dod yn agos fel'ma, mor agos eu bod nhw'n poeri yn fy wyneb a'u hanadlu budur yn gwmwl o 'nghwmpas. Ych a fi. Maen nhw'n cogio bod yn gefnogol i Ifor, ond o dan yr wyneb, maen nhw i gyd yn meddwl ei fod o'n euog o ddwyn. Ac yn waeth na hynny, wedi dwyn o'r ffatri. Dwyn yr arian sy'n talu eu cyflogau nhw.

Gobeithio nad oedd un o'r rhain wedi bradychu Ifor ac wedi rhoi gwybodaeth i Amos er mwyn cael yr hanner coron. Ond yn mêr fy esgyrn, dwi'n amau mai fi oedd yr un fradychodd Ifor. Doeddwn i ddim digon gofalus wrth fynd at Ogof Deunant, a dwi'n siŵr 'mod i wedi'u harwain nhw'n syth at Ifor. Mae jest meddwl am y peth yn fy ngwneud i'n wan.

Roedd hi'n ganol nos pan ddeffrais i yn yr ogof ar ôl taro 'mhen. Erbyn i mi gerdded adre i dyddyn Pwll Bach, roedd hi'n oriau mân y bore. Diolch byth i mi gyrraedd adre jest cyn i Nain ddeffro. Tân. Uwd. Brecwast. Esgus fel petai dim byd o'i le. A phan holodd Nain lle roedd Ifor, ro'n i'n gorfod dweud celwydd wrthi, ei fod o wedi mynd i'r gwaith yn gynnar bore 'ma. Roedd hi'n fy nghoelio, yn rhyfeddol.

'Pegi. Pegi!' Llais Dafydd Ifan ydy hwnna. 'Ti'n hwyr. Tyrd yma i ystofi, rŵan.' Gweld 'mod i'n cael fy mhlagio gan y gweithwyr mae o, ac yn trio helpu yn ei ffordd fach ei hun, chwarae teg. O fewn dim, dwi'n brysur yn gosod yr edau ystofi ar y gwŷdd yn y drefn a'r lliwiau cywir.

Ar ôl y ffradach yn yr ogof neithiwr pan ges i fy ngwthio i'r llawr a syrthio'n gam ar fy ysgwydd chwith, dwi wedi bod mewn poen annioddefol. Mae pob rhan o 'nghorff i'n brifo, fy mhen yn curo fel petai cnocell y coed yn trio dianc, a'm llygaid i'n sych efo blinder. Bydd hi'n artaith i mi ystofi am oriau heddiw efo poen fel'na yn dyrnu drwydda i. Canolbwyntia, Pegi. Paid â meddwl amdano fo. Jest gweithia.

Teimlaf guriad y peiriant yn clacio a chlepian, a rhythm yr edau rhwng fy mysedd yn bachu bob nodwydd. Sŵn cyfarwydd y wennol wrth i Dafydd Ifan ei thaflu o un pen i'r llall, a'r anwe yn plethu drwy'r ystof – dros un, dan un, ymlaen ac ymlaen. Ffrâm i fyny, ffrâm i lawr. Ar ôl ychydig, dwi yn fy myd bach fy hun yn swatio dan yr edafedd cynnes ac yn adrodd pennill gwirion yn fy mhen. Ac ydw, dwi bron iawn yn llwyddo i anghofio'r boen.

Clacio 'mlaen, clacio 'nôl.
Cyfri 'mlaen, cyfri 'nôl.
Un a dau, edau brau,
Tri a phedwar, edau lliwgar,
Pump a chwech, taro rhech,
Saith ac wyth, colli pwyth,
Naw a deg, cau dy geg.
Clacio 'mlaen, clacio 'nôl.
Pryd ga i godi o 'mhen-ôl?

Am oriau, mi wela i goesau bwa Amos yn pasio'r gwŷdd wrth iddo gerdded 'nôl a 'mlaen rhwng y peiriannau swnllyd. A bob tro mae o'n mynd heibio, mae'n plygu ar ei gwrcwd a dod yn agos ata i i sibrwd pethau cas. Er mor swnllyd yw'r peiriannau, mae geiriau miniog Amos yn pigo drwodd i fy mhen.

'Lleidr ydy dy frawd,' meddai'n slei, heb i Dafydd Ifan glywed. 'Mae llwyth o dystiolaeth yn ei erbyn o. Tystiolaeth gryf gan bobol barchus – fydd y barnwr yn siŵr o'u credu nhw.'

Mae Amos wrth ei fodd yn fy mhlagio am Ifor efo'i wefusau coch gwlyb hyll, a'i law dros ei wyneb yn smwddio'i locsyn trwchus. Mae'r dyn yn crîp. Ond yn waeth na hynny, mae o'n beryglus.

10

'Maen nhw wedi cyrraedd, syr,' meddai Morus Huw, llipryn o hogyn mewn carpiau llwyd sy wedi'u gwnïo'n flêr efo edau coch. Ar unwaith mae Amos yn rhuthro at ddrws y ffatri, yn tacluso ei grafát a chribo briwsion allan o flew ei locsyn efo'i ewinedd ar y ffordd i gwrdd â'r ymwelwyr, sy'n amlwg yn bobol bwysig.

Syr Hugh John Ellis o Blas Bodfel sy'n camu drwy'r drws. Ustus Heddwch, Aelod Seneddol a pherchennog Ffatri Wlân Rhyd Ddu, felly, ydy, mae o'n bwysig. Unwaith y mis mae Syr Hugh a'i wraig, Meistres Ellen, yn dod draw i'r ffatri. Y tro yma, ddim Meistres Ellen sy ar fraich Syr Hugh, ond geneth drawiadol. Mae hi tua deunaw oed, yn dal a gosgeiddig mewn ffrog laes o sidan glas tywyll, fel y lliw glas sy'n fflachio ar adenydd pioden. A bonet glasddu efo phluen hir sy'n bownsio'n sionc tu ôl iddi. Dros ei llygad chwith mae patshyn wedi'i wnïo o'r un sidan â'r ffrog. Mae hi'n amlwg yn ddall yn y llygad yna, ond dydy hi'n colli dim – mae'r llygad arall yn sylwi ar bopeth. Hyd yn oed fi. Mae hi'n syllu arna i am rai eiliadau'n hirach na gweddill y gweithwyr. Dwi'n edrych ar y llawr ac yn crebachu 'nghorff i mewn i fy ffrog i drio gwneud fy hun yn llai amlwg.

Ar ôl rhywfaint o foesymgrymu a ffalsio, mae Amos yn troi aton ni weithwyr ac yn gorchymyn mewn llais mawr i ni wrando'n astud ar Syr Hugh.

'Dydd da, bawb,' meddai'r perchennog gan droi at y ferch wrth ei ochor. 'Ga i'ch cyflwyno chi i Anni. Mae hi angen eich cymorth chi, felly gwrandewch ar beth sy ganddi i'w ddweud.'

Ar unwaith, mae Morus Huw yn gosod stôl deircoes o'i blaen a dyma Anni'n dal llaw Syr Hugh efo'i llaw dde, codi ei sgert sidan foethus efo'i llaw chwith, ac yn camu ar y stôl. Wela i Syr Hugh yn nodio ac yn gwenu arni'n gefnogol, a dyma hi'n dechrau.

'Ffrindie. Anni Baako ydw i, cyfeilles Meistres Ellen John Ellis, Plas Bodfel, ac ma 'da fi gymwynas i ofyn i chi. Hoffwn i roi carthen wlân i'r feistres yn anrheg pen-blwydd eleni. Nid carthen draddodiadol fydd hon, ond un hollol wreiddiol ac anarferol.' Wrth iddi siarad, mae hi'n syllu arnan ni i gyd yn ein tro. 'Dwi'n chwilio am batrwm unigryw, wedi'i neud mewn lliwiau prydferth. Rhywbeth sy'n addas i wraig mor fonheddig a charedig â Meistres Ellen.'

Dwi'n syllu o 'nghwmpas. Mae Nanw Cae Crin yn dalentog – hi sy'n dewis lliwiau fel arfer. A be am Heti Rees, sy'n cynllunio patrymau mwya creadigol y ffatri? Nhw gaiff y cynnig i greu'r garthen, mae'n siŵr. Dyna sut mae pethau'n digwydd fel arfer. Fel'na mae hi a fel'na fydd hi.

'Felly, wnewch chi i gyd feddwl am gynllun ac fe ddof i'n ôl diwedd pnawn 'ma i'w gweld nhw, a dewis y gorau ar gyfer carthen Meistres Ellen.'

Beth? Ni i gyd? Mae pawb yn cael meddwl am gynllun ar gyfer y garthen arbennig – hyd yn oed fi? Mewn amrantiad, mae patrymau'n ffurfio o flaen fy llygaid. Edau'n dadrolio a phlethu. Lliwiau'n ffrwydro yn fy mhen fel tân gwyllt.

Dwi wedi sylwi bod Meistres Ellen yn gwisgo gwyrdd yn aml, a'r lliw yn ei siwtio hi. Felly beth am wyrdd fel lliw dail y gwanwyn wedi'i roi efo edau hufen a du? A fysa'r lliwiau yna'n gweithio efo'i gilydd? Maen nhw'n anarferol, ydyn, ond carthen anarferol mae Anni eisiau, yndê. Ac ar gyfer coets gadair y feistres mae hi, felly bydd angen iddi weddu â'r dillad cynnes mae hi'n eu gwisgo i fynd allan: y cotiau smart a'r sgertiau drud. Dwi wedi craffu ar ddillad moethus y feistres sawl tro – hi sy'n cael brethyn gorau y ffatri: gwlân meddal wedi'i wnïo'n grefftus gan deiliwr gorau'r sir, yn ôl y ffasiynau mwya diweddar o Lundain bell.

Y cynllun wedi'i sodro. Dwi'n gwybod yn union beth i'w wneud, a phan mae saib byr i ginio, dyma ddechrau arni.

Yn gynta, i lawr â fi ar fy nghwrcwd dan y gwŷdd i chwilio am lwmpyn bach o sialc teiliwr a hen ddarn o sach er mwyn i mi gynllunio'r patrwm. Wedyn, turio drwy bentyrrau o bellenni gwlân er mwyn cael y lliwiau iawn. O'r diwedd maen nhw gen i – gwyrdd sy'n ffres fel dail rhedyn yn dadrolio yn y gwanwyn. Melyn moethus fel hufen trwchus. Du fel plu Crawc yn sgleinio yng ngolau'r sêr. A dyma ddechrau arni.

Fi wnaeth liwio'r edau gwyrdd yma. Nain ddysgodd fi sut i ddefnyddio planhigion i greu llifyn cryf a llachar. Cymysgedd o ddail poethion a mintys ydy hwn, fy ffefryn. Bydda i'n gwisgo hen fenyg lledr Tada a barclod trwchus, ac i ffwrdd â fi efo basged fawr dros fy ysgwydd a chyllell finiog i gasglu llwyth o ddail poethion a mintys melys o'r cloddiau. Mae angen llond basged o ddail i wneud llifyn da.

Yna, yn ôl yn y bwthyn, bydda i'n rhwygo'r dail yn ddarnau bach, eu rhoi mewn crochan efo dŵr croyw o'r afon, a'u berwi am tua hanner awr nes bod yr hylif yn lliw gwyrdd cryf. Cyn defnyddio'r llifyn, rhaid hidlo'r dail i gyd allan ohono, tywallt yr hylif i dwba glân, rhoi'r edafedd gwlân i mewn a'i socian am tua awr. Mae hi'n anodd creu yn union yr un cyfliw fwy nag unwaith, felly rhaid lliwio'r holl edau sy eu hangen ar gyfer y garthen efo'i gilydd.

Ar gyfer carthen Meistres Ellen, dwi'n bwriadu plethu lluniau o adar i mewn i'r patrwm. Ar yr olwg gynta, bydd y garthen yn ymddangos fel cynllun traddodiadol rhosyn y mynydd, efo'r blociau a'r cylchoedd arferol. Ond yn fy nghynllun i, bydd adar bach del yn chwarae mig o fewn y sgwariau: un yn sbecian rhwng sgwariau, un arall yn clwydo ar ben sgwâr, ac ambell un yn hedfan rhwng y sgwariau.

Meddwl am frain fel Crawc ydw i, ond nid pawb sy'n hoffi brain, naci, felly dwi'n gwneud pob un yn debycach i fwyalchen fach ciwt. Mae pawb wrth eu boddau efo'r deryn du, creadur mor dlws â'i gân mor swynol.

'Paid â gwastraffu amser prin ar y rwtsh yna.' Amos sy 'na, yn sefyll wrth fy ysgwydd ac yn anadlu gwynt drwg i 'nghlust i. 'Dy dalu di i ystofi ydw i, ddim i ffidlan efo patrymau ffansi ar gyfer yr Anni 'na. Pwy ydy honno i ddod i fan'ma a dangos ei hun?'

Dydy o ddim hyd yn oed yn trio cuddio ei ddirmyg tuag ati hi. Fel o'n i'n amau, mae o'n genfigennus o Anni, yn cael byw ym Mhlas Bodfel fel cyfeilles i Meistres Ellen.

'Pwy bynnag mae'r Anni Baako 'na'n meddwl ydy hi, wnaiff Syr Hugh byth adael iddi hi ddewis dy gynllun *di* ar ôl i mi egluro wrtho fo pwy wyt ti…' Mae Amos mor agos, mi wela i lafoerion cwrw neithiwr ar ei locsyn. 'Chwaer i leidr. Ac wyres i hen wraig wallgo y dylai gael ei chloi yn seilam Gwag y Nos.'

Am beth creulon i'w ddweud. Dwi wedi gwylltio gymaint, dwi'n crynu drosta i. Mae fy nyrnau'n galed fel cerrig. Ond y cwbwl dwi'n mentro ei ddweud mewn llais bach llywaeth ydy,

'Mae Nain yn iawn adre efo ni, syr. Dwi'n edrych ar ei hôl hi.' Ddim bod hynny'n fusnes i'r bwli yma, ond fedra i ddim dweud mwy neu fydd Amos yn gwneud fy mywyd i'n uffern, heb sôn am fywyd Nain, ac Ifor.

Bob tro mae o'n troi'i gefn, dwi'n esgus bod yn brysur yn ystofi, ond mewn gwirionedd, gweithio ar y cynllun ydw i, nes fy mod i'n hapus â'r sampl bach o'r garthen arbennig.

11

Amser te, mae Syr Hugh ac Anni yn ôl, ac Amos yn ôl yn seboni'r perchennog. O fewn dim, mae Morus Huw wedi casglu'r syniadau i gyd ac wedi'u gosod ar y bwrdd yn ofalus o flaen Anni. Pymtheg cynllun sy 'na. Samplau del o streipiau, tsiec, sgwariau, sêr, pob un patrwm yn hollol wahanol. A'r lliwiau'n amrywiol hefyd – llwyd, glas, coch llachar, does neb ond fi wedi dewis gwyrdd, chwaith. Un ar ôl y llall mae Anni'n edrych ar y samplau ac yn pori dros y cynlluniau. Ac ar ôl hydoedd, dyma hi'n camu i fyny ar y stôl deircoes, wedi gwneud ei phenderfyniad.

'Diolch yn fawr i chi i gyd am greu'r samplau arbennig hyn. Wedi ystyried y cyfan, a meddwl am bwrpas y garthen, sef ei defnyddio ar goets-gadair Meistres Ellen pan mae hi'n mynd mas, dyma'r cynllun dwi wedi'i ddewis.'

Mae hi'n dal sampl yn uchel o'i blaen er mwyn i ni gyd gael gweld. Mae 'nghalon i'n llamu gymaint mae 'mrest i'n brifo. Fy nghynllun i mae hi wedi'i ddewis! Fi. O bawb.

'Pwy wnaeth gynllunio'r patrwm arbennig yma yn y lliwiau tlws ac anarferol?'

Mae pawb yn edrych o'u hamgylch, yn ysu i gael gweld pwy sy wedi ennill y gystadleuaeth, i weld carthen pwy fydd yn cadw'r feistres yn gynnes wrth iddi hi gael ei phowlio yn ei chadair olwyn. Maen nhw'n edrych o gwmpas, ond does neb yn edrych arna i, Pegi – yr hogan od, swil, ddi-nod. Yn ara deg dwi'n codi fy llaw ac yn crynu wrth ddweud mewn llais bach,

'Fi, Miss.' Mae pawb yn troi ata i, y ferch â chwinc arni, sy'n sefyll yn y gornel bellaf. 'Fi wnaeth y cynllun yna.'

Rŵan maen nhw i gyd yn syllu, ugain pâr o lygaid wedi'u sodro arna i. Teimlad annifyr, yn fy ngwneud i'n boeth ac yn oer drosta i i gyd. Dwi'n suddo i mewn i fy nillad, angen cysur.

'A beth yw dy enw di?'

'Pegi, Miss. Pegi Pwll Bach.'

'Wel, ti 'di cynllunio patrwm arbennig, Pegi. Bydd y feistres wrth ei bodd 'da hwn, yn enwedig y gwyrdd llachar a'r adar bywiog. Hollol brydferth.'

Mae 'nghalon i bron â byrstio. Dwi'n dal yn casáu pawb yn syllu arnaf i, ond yn trio'u hanwybyddu nhw wrth orfodi fy hun i edrych ar neb ond Anni.

'Dere 'da fi, Pegi,' meddai hi ar ôl i bawb droi'n ôl at eu gwaith. 'Awn ni i'r swyddfa i drafod y garthen. Fi moyn clywed popeth am dy syniadau di.'

Mae wyneb Amos yn bictiwr: ei lygaid yn stormus a'i geg yn gam fel cadach gwlyb wrth i mi ddilyn Anni i'r swyddfa. Galla i deimlo gwres casineb yn llosgi ohono fo wrth i mi ei basio.

12

Alla i ddim credu'r peth. Fi, yn eistedd ar gadair ledr yn swyddfa'r ffatri, paned o de mewn cwpan a soser tsieina mewn un llaw, a chacen sbwng yn y llall. Mae Anni yn eistedd ar y gadair gyferbyn, yn syllu arna i ac yn gwenu wrth fy ngweld i'n balansio'r soser a gwneud poitsh o fwyta'r gacen felys, y peth mwya bendigedig i mi ei flasu erioed. Oni bai 'mod i'n gwneud gymaint o lanast, fyswn i'n taeru 'mod i'n un o'r byddigions fy hun!

‘Ma ’da ti dalent aruthrol, Pegi,’ meddai Anni mewn acen sy ’chydig yn wahanol – rhyw gymysgedd o’r de a rhywle arall, ella? Ddim yn siŵr o ble, ond mae o’n bell iawn o Ben Llŷn. ‘Mor greadigol.’

Dwi’n codi fy ngolwg o noddfa’r gwpan de ac yn edrych arni’n iawn. Mae hi’n osgeiddig, cefnsyth, hyderus. Ei bonet yn uchel ar ei phen a’r bluen yn rhyfeddol o lonydd pan mae hi’n siarad. Hyd yn oed efo’r patshyn llygad, mae hi’n brydferth. Rŵan ’mod i wedi dechrau syllu arni, alla i ddim stopio.

‘Ti ddim ’di gweld rhywun fel fi o’r blaen?’ hola, yn gwenu’n llydan a dangos llond ceg o ddannedd cerrig beddi. ‘Rhywun du?’

‘Dim ond unwaith,’ medda fi, ‘yn y farchnad. A dyn digon blin oedd o ’fyd.’ Daria, dyna fi wedi dweud gormod. ‘Ym, sori.’

Mae hi’n ei dyblau’n chwerthin, yn gorfod rhoi ei chwpan a soser ar y bwrdd rhag ofn iddi dywallt y te dros ei ffrog.

‘O Lerpwl ddes i ’ma, ti’n gweld. Ac o Gaerdydd cyn hynny. Morwr ar y llongau stêm oedd fy nhad, Tano Baako. O Ghana ddaeth e’n wreiddiol. Mam o Gaerdydd. Stori hir. Symudes i i Blas Bodfel at Syr Hugh a’i wraig, Meistres Ellen, a’u meibion Albi a Twm ar ôl i mi helpu achub Albi yn Lerpwl. Fuon nhw mor garedig, ges i ail gyfle ganddyn nhw.’

'Mmm.' Dwi'n nodio, â llond ceg o siwgwr.

'Tan i mi gyfarfod Albi a Twm, ro'n i 'di byw ar strydoedd Lerpwl ers blynyddoedd. Roedd cannoedd ohonon ni, blant y stryd, yn crafu byw trwy ddwyn a thwyllo. Dwi 'di hen arfer â thlodi a chaledi, ti'n gweld. Felly 'dyn ni'n dwy ddim mor annhebyg â hynny – dwi jest wedi bod yn lwcus. Lwcus iawn.'

Dwi wedi cynhesu at Anni yn syth ac yn hollol gartrefol efo hi. Dydw i ddim yn teimlo'n annifyr yn ei chwmni, galla i fod yn fi fy hun. Braf. Mae'r ddwy ohonon ni'n trafod cynllun y garthen am hir – trwch y gwlân, maint y flanced, ble i roi'r adar, twtio ychydig ar y patrwm yma ac acw.

Y tu allan i'r swyddfa mae Amos yn camu'n ôl a 'mlaen gan syllu arna i trwy'r gwydr mewnol sy rhwng y swyddfa a'r ffatri. Mae'n amlwg ei fod o'n ysu am gael dod i mewn i fusnesu, ond wnaiff o adael llonydd i ni tra bod Syr Hugh o gwmpas. O'r diwedd, mae'r drws yn agor a Syr Hugh yn camu i mewn.

'Ydych chi'ch dwy wedi trefnu popeth?' meddai'n glên. 'Hen bryd i ni fynd, Anni. Diolch yn fawr i ti, Pegi.'

Dwi'n codi ac yn gwneud cyrtsi fach, yn diolch yn fawr i'r ddau ac yn addo gwneud y garthen orau erioed. Wrth i mi gerdded allan drwy ddrws y swyddfa, mae Amos yn stwffio i mewn heibio i fi, gan bwnio fy asennau'n slei ar y ffordd. Aw! Ar ôl iddo gau drws y swyddfa ar ei ôl, rhaid i mi aros am eiliad i gael fy ngwynt ataf ar ôl y bwniad filain. Ac yn fan'no, yn sefyll y tu allan i ddrws y swyddfa, clywaf Amos, Syr Hugh ac Anni'n sgwrsio. Sgwrsio amdana i.

Mae swnian Amos i'w glywed yn hollol glir.

''Dach chi'n siŵr mai honna ddylai wneud carthen Meistres Ellen, Syr, a hithau'n chwaer i Ifor Griffiths, y lleidr sy 'di dwyn arian o'r ffatri?'

'S'mo hynny'n ddim i'w wneud â Pegi. Wnaeth hi ddim byd o'i le.' Anni sy'n dweud hynna, chwarae teg iddi hi. 'A ta beth, falle fod y brawd yn ddieuog.'

'Efallai wir,' atega Syr Hugh, mewn llais sy'n amau hynny, rywsut.

'Wel, gawn ni weld am hynny, cawn, Syr. Cafodd o'i ddal ar ôl heglu hi o 'ma. Dim ond dyn euog sy'n dianc, yndê?'

'Mae'n dibynnu ar yr amgylchiadau, on'd yw hi, Syr Hugh?' Mae Anni'n daer.

'Amgylchiadau? Mmm. Ydy, ambell waith, Anni,' meddai Syr Hugh mewn llais pwyllog. 'Wel, dydw i ddim yn bwriadu trafod manylion yr achos yma – fi fydd ar y fainc ac yn barnu'r achos.'

Beth? Syr Hugh ydy'r Ustus Heddwch fydd yn gwrando ar achos fy mrawd? Fo fydd yn penderfynu ydy Ifor yn euog neu beidio? Syr Hugh, perchennog y ffatri, fydd yn siŵr o gosbi'r lleidr sy wedi dwyn o'i boced ei hun. Dydy hyn ddim yn newyddion da o gwbwl.

Er bod Syr Hugh ddim am gael ei berswadio'r naill ffordd na'r llall yn ystod y sgwrs yma, mae Amos yn mynd ymlaen ac ymlaen fel tôn gron.

'Mae 'na wallgofrwydd yn y teulu, cofiwch. Y nain yn crwydro'r fro bob awr o'r dydd a nos. A honno'n dw-lal. Ddim ffit i fod allan. Yn y seilam ddylai hi fod – y seilam yn Wyrcws Gwag y Nos.'

Ar hynny, mae drws y swyddfa yn agor a dwi'n cuddio tu ôl y piler. Anni sy'n camu allan yn gynta, yn amlwg wedi gwylltio ar ôl y sgwrs. Ar ei hôl hi mae Syr Hugh. Ac yn olaf, Amos, yn seboni a ffalsio yr holl ffordd i lawr y coridor efo, 'Diolch o galon i chi am ddod, Syr Hugh,' a 'Gobeithio eich bod wedi'ch plesio, Syr Hugh.' Wrth iddyn nhw baratoi i adael y ffatri, prin mae Amos yn cydnabod Anni. Dim ond pan mae Syr Hugh yn rhoi ei chôt am ei sgwyddau hi y mae Amos yn edrych arni a hynny'n ddirmygus. Dydy o ddim yn ei pharchu hi.

Mae Anni wedi gweld yr wyneb atgas yna droeon o'r blaen. Mae hi wedi hen arfer â dynion yn edrych i lawr eu trwynau arni. Am ei bod hi'n ferch. Am ei bod hi wedi colli ei llygad. Am ei bod hi'n ddu.

13

Ding-dong...

Sŵn y gloch. Diwedd y shifft.

O'r diwedd! Cadw popeth, rhoi'r pellenni gwlân yn ôl yn eu basgedi, sgubo'r lloriau, tynnu barclod, côt amdana i ac allan â fi.

Erbyn hyn, mae hi tua wyth y nos a dwi ar fy ffordd i garchar Pwllheli i weld Ifor, a Crawc yn hedfan uwchben. Bu'n rhaid i mi bicio heibio Pwll Bach i wneud swper i Nain a'i helpu hi i'w gwely'n gynnar, a rŵan dwi'n dilyn llwybr afon Dwyryd, yn cario bara, cig moch a phiser o lefrith mewn sach fach dros fy ysgwydd. Bydd Ifor yn falch o gael swper. Dydy carcharorion ddim yn cael bwyd – y teulu sy'n gorfod mynd â hwnnw iddyn nhw.

Mae'r afon yn uchel heno, y dŵr yn tasgu a'r llwybr yn fwdlyd. Dim byd tebyg i'r dŵr llonydd ym mhyllau afon Dwyfach lle o'n i'n mynd i sgota am frithyll efo Tada ac Ifor ers talwm. Dwi'n ei gofio fel ddoe: y goedwig drwchus yng ngolau'r wawr, y mwsog fel cnu oen bach gwyrdd ar y cerrig, a dŵr byrlymus afon Dwyfach yn glir fel grisial. Do'n i erioed wedi bod i sgota o'r blaen ac roedd Tada am fy nysgu sut i ddal brithyll mawr tew i swper.

'Cosi'r sgodyn fyddi di, Pegi,' meddai Tada. Cosi brithyll! Doeddwn i erioed wedi clywed am beth mor dwp. 'Fydd o'n rowlio chwerthin i mewn i dy law di wedyn!'

O'n i'n meddwl mai jôc oedd hynny, ond na. Ar ôl i Tada ddangos i mi be i'w wneud, fy nhro i oedd hi. Jest fel ddysgodd Tada i mi, wnes i orwedd ar fy mol ar garreg fawr wrth y lan, rhoi fy llaw i mewn i'r dŵr ac o dan y graig yn ara bach, bach, nes 'mod i'n teimlo brithyll yn llechu o dan y garreg. Wedyn cosi ei ochor, a phan oedd y pysgodyn wedi ymlacio'n llwyr ... Chwip! Ei chwipio fo allan efo fy llaw a'i daflu ar y lan. Roedd o mor brydferth, ei groen yn lliwgar fel petai o wedi llyncu enfys a honno'n disgleirio o'i du fewn, rhywsut.

Doeddwn i ddim eisiau gwneud y peth nesa, ond roedd rhaid i mi. Dyma Ifor yn rhoi carreg fawr yn fy llaw a dweud wrtha i am roi swadan i'r brithyll ar ei ben. Cau llygaid. Swadan. Roedd hi'n teimlo fel oes cyn i'r pysgodyn stopio crynu. Dwi'n cofio gweld lliwiau'r enfys yn pylu o flaen fy llygaid ac yn diffodd un ar ôl y llall nes bod y brithyll yn unlliw brown smotiog. Am ychydig, ro'n i'n teimlo'n ofnadwy o euog am ladd y pysgodyn prydferth. Ond rhaid bwyta, ac roeddan ni'n llwgu, doeddan.

Oedd, mi oedd o'n flasus tu hwnt efo tatws newydd a bresych o'r patshyn bach o ardd oedd o flaen ein tŷ rhes bach ym Mryncir.

Fues i i sgota efo Tada ac Ifor sawl tro ar ôl hynny. Yn gynnar yn y bore bach, ar y slei, rhag ofn i ni gael ein dal. Achos mae afon Dwyfach yn llifo drwy dir Ystâd Glynllifon, a heb ganiatâd y tirfeddiannwr, potsiwrs oeddan ni. Gêm beryglus. Carchar os gawn ni ein dal, ond, fel ddywedais i, roedd rhaid bwyta.

14

Wrth i mi gyrraedd tref Pwllheli, mae cloc y dre yn taro naw. Dwi'n gwybod lle i fynd, i gyfeiriad neuadd y farchnad. O dan y neuadd mae'r carchar, wedi'i dyllu'n ddwfn i'r ddaear. Wela i dwll cul yn y llawr efo bariau drosto ac o fewn dim, dwi ar fy mhengliniau yn y mwd a'r baw, yn sibrwd ar fy mrawd drwy'r bariau trwchus o haearn.

‘Ifor. Ifor?’

‘Pegi. O’r diwedd. Lle ti ’di bod?’ hola Ifor, ei wyneb gwelw’n ymddangos drwy’r bariau yng ngolau’r lloer. Mae golwg ddychrynllyd arno.

‘Roedd rhaid i mi aros tan oedd Nain yn cysgu, rhag iddi boeni. Yli, gen i swper i ti.’ Dwi’n stwffio’r bwyd rhwng y bariau – y bara yn gynta, wedyn y cig moch ac yn olaf y piser bach o lefrith.

Dydy Ifor ddim yn siarad am hir, mae o mor brysur yn llowcio – heb fwyta drwy’r dydd, mae’n amlwg.

‘Ydy Nain yn iawn? Be ti ’di ddeud wrthi hi amdana i?’

‘Ydy, mae’n iawn. Wel, fel mae hi, yndê.’ Dydw i ddim wedi mentro sôn wrth Nain bod Ifor yn y carchar am ddwyn arian o’r ffatri. ‘Ddudis i bod ti’n gweithio’n hwyr, a wnaeth hi ddim holi mwy, diolch byth. Dwn i’m faint mae hi’n ddallt dyddia ’ma.’

‘Mm, na finna,’ meddai Ifor yn bryderus. ‘Nain druan, wedi gwaethygu’n gyflym, dydy?’

‘Ydy, yn gyflym iawn. Fydd rhaid i mi egluro wrthi dy fod ti’n y carchar, cyn iddi glywed gan rywun arall. Ond sgen i’m syniad *beth* i ddeud wrthi hi.’

‘Wel, dweda’r gwir, siŵr iawn – ’mod i’n ddieuog!’ Mae Ifor yn arthio’n swta efo llond ceg o friwsion, ei wyneb yn daer, yn amlwg wedi gwylltio efo fi. Dwi'n osgoi ei lygaid. Brathu 'nhafod. Dweud dim.

'Ia, Pegi, dyna'r gwir, dwi'n ddieuog. Ond wela i o dy wyneb di dy fod ti'n fy amau. Mae hynny'n hollol amlwg hyd yn oed trwy fariau'r gell afiach 'ma. Dwi'n dy nabod di'n rhy dda, cofia.'

Dwi ddim yn ateb. Edrych i lawr. Mae o'n cario 'mlaen.

'Fyswn i byth yn dwyn o'r coffrau fel'na. Ti'n gwbod hynny, dwyt? A phetawn i wedi dwyn y cwdyn arian, fyswn i ddim yn ddigon twp i'w guddio yn afon Rhyd Ddu, yn ein twll cadw-llefrith-yn-oer ni. Achos ti'n mynd i fan'no bob bore a siŵr o ffeindio'r peth.'

Yn fan hyn, ar fy ngliniau yn y mwd, yn syllu ar fy mrawd drwy'r bariau yn y llawr, dwi'n fferru yn yr oerfel. Ond rhywsut mae 'nghroen i'n chwilboeth a galla i deimlo rhywbeth yn llacio yn fy mol. Blas chŵd ar fy nhafod. A drosta i mae 'na gwmwl du, rhyw deimlad trwm bod fy mrawd am gael ei ddyfarnu'n euog a'i anfon i garchar ochor arall y byd. I Awstralia, neu ynys Van Diemen, lle peryglus sy'n llawn carcharorion wedi'u halltudio. Neu, Duw a'n helpo, y gosb eithaf – cael ei grogi.

Dwi fel taswn i'n sownd. Methu symud. Methu siarad. Ofn siarad rhag i mi gyfadde be sy'n fy mhoeni – bod fy mrawd yn lleidr. Mae Ifor fel petai'n gallu clywed y lleisiau sy'n sgrechian yn fy mhen.

'Yli, dwi 'di cael bai ar gam gan Amos. Mae'r dyn wedi rhoi'r cwdyn arian yn yr afon er mwyn i mi gael fy hel i'r carchar ac allan o'i ffordd o.'

Am hir, mae Ifor yn edrych arna i'n feddylgar ac yna mae ei wyneb yn fflachio. Syniad.

'Mi wn i. Guto Pendre. Mae o'n gwbod yn iawn pa mor slei a dan din ydy Amos.'

Dwi'n nodio er mwyn i 'mrawd egluro mwy.

'Ti'n cofio Guto, dwyt? Gollodd o'i job 'nôl yn y gwanwyn am drio sefydlu undeb i weithwyr y ffatri. Ddaeth Amos i lawr arno fo fel tunnell o frics a'i daflu allan ar ei din. Wedi cael y sac. Ac ar y blaclist. Fysa'r un ffatri yng ngogledd Cymru'n ei gyflogi ar ôl hynny. Does neb eisiau gweithiwr sy'n codi twrw, nag oes? Maen nhw'n ormod o drafferth. Pegi, os fedar rhywun brofi mai Amos ydy'r drwg yn y caws, Guto ydy hwnnw.'

Dwi'n lled gofio Guto Pendre. Llanc pryd golau, byr ond eithriadol o gryf. Oedd, mi oedd o'n trio cael gweithwyr i ymuno â'r undeb ond roedd pawb ofn gwneud hynny achos byddai Amos yn sacio unrhyw un sy'n ymaelodi. Pwy mewn gwirionedd sy eisiau colli'i job? Does dim digon o waith yn yr ardal yma fel mae hi. Mae pawb angen rhoi bwyd ar y bwrdd a gofalu am eu teuluoedd, a ddim ar chwarae bach mae rhoi hynny yn y fantol. Achos mae pobol Pen Llŷn i gyd yn gwybod yn iawn lle bydd rhaid iddyn nhw fynd os nad oes digon o bres i gynnal teulu. Wyrcws Gwag y Nos.

'Lle mae Guto rŵan?' holaf, gan wybod yn iawn be fydd yr ateb.

'Gwag y Nos. Ti'n synnu, Pegi? Unwaith roedd Amos wedi rhoi enw Guto ar y blaclist, doedd neb am gynnig job iddo fo wedyn, nag oedd? A heb job, sdim pres; dim pres, dim rhent; dim rhent, dim cartre. Mater o amser oedd hi cyn i Guto orfod mynd drwy giatiau'r wyrcws. A sdim dal pryd ddaw o'n ôl allan. Dyna mae Amos yn ei wneud – cosbi undebwyr o'r ffatri ...'

'Felly, ti'n meddwl bydd Guto'n helpu ni i brofi hynny? Bod Amos wedi dy fframio di am dy fod yn undebwr?'

Ifor yn nodio, ydw.

Am hir, mae tawelwch chwithig, cyn i Ifor holi, 'Ti'n addo mynd i'w weld o heno?'

Dwi'n nodio. 'Addo.'

Ac ar ôl ffarwelio â fy mrawd, dwi'n toddi i mewn i'r tywyllwch ac yn anelu am Wyrcws Gwag y Nos, fy angel du yn gofalu amdana i'r holl ffordd.

15

‘Psssstt! Psssstt!’

Fi sy’n chwibanu tuag at gysgod bachgen wela i drwy giatiau Gwag y Nos. Mae hi’n dywyll fel y fagddu a phawb wedi’u cloi yn y dorms tan y bore, ond mae’r hogyn yma wedi dianc rhywsut. O fewn dim mae o wedi ’nghlywed i, wedi rhedeg draw, stwffio’i ben rhwng bariau’r giât a rŵan yn syllu arna i efo gwên wirion ar ei wyneb o. Ei hwyneb *hi* ddylwn i ddweud – dim ond rŵan wela i mai geneth ydy hon.

‘Be ti isio?’ meddai hi mewn llais-canu acen pen pella Llŷn.

‘Dos i nôl Guto Pendre, wnei di? Gen i neges iddo fo,’ medda fi, gan drio swnio’n hyderus.

‘O! Neges? Pa neges, tybed? A be ga i, Elsi Lôn Fudur, am y gymwynas fawr yna? E?’

Crawc! Yn hedfan yn fygythiol mewn cylchoedd uwchben Elsi, mae Crawc.

'Crawc, ty'd i lawr!' medda fi, yn rhy uchel o lawer. Mae'r frân yn ufuddhau ac yn glanio ar y giatiau haearn solet. 'Shshshsh!'

'Beeeth?!' Mae llygaid llydan Elsi fel wyau wedi ffrio yn llenwi'i hwyneb hi. 'Fedri di siarad efo anifeiliaid?'

Dwi'n chwerthin. Cês ydy hon. 'Dim ond efo Crawc! Dwi wedi'i dofi hi. A dysgu hi i siarad.' Daw hynny allan cyn i mi stopio fy hun rhag brolio.

'Waw, clyfar! Wel mae 'na ddigon o frain yn clwydo yn atig Gwag y Nos, ella wna i ddofi un hefyd. Ac os ddofa i un ddigon mawr, fedra i ddal yn sownd yn ei chrafangau hi a gwnaiff hi 'ngharío fi allan o'r wyrcws 'ma a hedfan yn bell i ffwrdd dros y môr i wlad lle does neb yn fy nabod i a dwi'm yn nabod neb, a galla i ddechrau eto.'

Dwi'n chwerthin, yn meddwl mai cellwair mae hi, ond wela i ar unwaith bod hynny wedi brifo ei theimladau hi. Doedd hi ddim yn cellwair. Pwy a ŵyr pa ffantasïau mae plant fel Elsi yn eu creu er mwyn ymdopi yn y lle uffernol yma. Pob un yn gobeithio y byddan nhw'n dianc o Gwag y Nos rhyw ddydd. Rhaid cael gobaith mae'n siŵr, hyd yn oed os ydy'r sefyllfa yn ymddangos yn amhosib.

‘A’ i nôl Guto.’ Ac i ffwrdd â hi i’r cysgodion. Ychydig wedyn, mi wela i hi’n dringo’n sionc i fyny peipen ddŵr Gwag y Nos reit at y to, a llithro i mewn i’r atig drwy ffenest wedi torri.

Dwi’n aros am hydoedd. Ofn yn lwmpyn solet yn fy mol.

Fues i yn Wyrcws Gwag y Nos unwaith. Roedd unwaith yn ddigon. Dwi’n cofio cerdded i mewn drwy’r giatiau uchel yn y glaw a chamu drwy’r mwd oedd yn slwj dan draed. Mynd i ymweld â ffrind Nain oeddwn i, Hanna Huws. Roedd Nain wedi gofyn i mi fynd â chawg bach o gawl iddi, wedi’i lapio mewn lliain streipiog newydd sbon. Yn y drws, yn sefyll o ’mlaen i roedd yr enwog Nyrs Jenat, teyrn y wyrcws. Dynes fach, ei chefn yn grwn, ei thrwyn yn crychu wrth arogli’r cawl blasus a’i llygaid yn farus. Camodd ymlaen efo 'Gymra i hwn', chwipiodd y potyn o 'nwylo i a'i gario i'r gegin gan ddweud ei bod hi am ei aildwymo i Hanna. Go brin gafodd Hanna y cawl. A welson ni erioed y cawg na'r lliain wedyn. Roedd gen i gymaint o ofn mynd yn ôl at Nyrs Jenat i ofyn amdanyn nhw'n ôl, wnes i ddweud wrth Nain 'mod i wedi cael codwm a malu'r cawg ar y ffordd adre.

'Pwy sy 'na?' Mae'r llais dwfn sy'n sibrwd drwy'r giatiau'n rhoi sioc aruthrol i mi. Chlywais i neb yn nesáu. Roedd hwn, fel y gweddill, wedi gorfod dysgu sut i stelcian yn ddistaw bach o gwmpas y wyrcws ganol nos. Dwi'n nabod ei wyneb yng ngolau'r lleuad – Guto Pendre – ac yn ateb ei gwestiwn,

'Pegi Pwll Bach. Chwaer Ifor. O'n i'n gweithio efo ti yn y ffatri. Cofio?'

'Pegi? Yndw siŵr, cofio'n iawn. Be sy'n bod? Ydy Ifor yn iawn?'

'Wel, ym, nac ydy.' Dwi'n egluro beth ddigwyddodd, reit o'r dechrau – fi'n ffeindio'r cwdyn arian ben bore ddoe, mynd â fo at Amos, hwnnw'n dod o hyd i bres wedi'i ddwyn yng nghwpwrdd Ifor, Ifor yn rhedeg i ffwrdd, criw yn ei ddal yn yr ogof neithiwr, ac erbyn heddiw, bod fy mrawd mewn cell yn aros i fynd i'r llys. Dau ddiwrnod sy'n teimlo fel oes.

'Mae Amos Wilias yn ddyn peryglus,' meddai Guto yn llawn casineb. 'Lwyddodd o i gael gwared arna i, yn do? A rŵan mae o eisiau Ifor allan o'i ffordd hefyd am fod yn undebwr.'

Wn i ddim be i feddwl, ac mae'n siŵr bod fy wyneb yn dangos hynny achos mae Guto'n ychwanegu,

'Cred ti fi, mae o'n fwli. Ond yn fwy na hynna, Pegi, mae o'n llwgr.'

Dwi'n nodio'n araf. Llwgr?

'Ydy. A heno gei di gyfle i weld drostat ti dy hun sut ddyn ydy Amos Wilias,' meddai Guto. 'Pnawn 'ma, daeth llong y *Lady Margaret* i mewn i'r harbwr, ei choffrau'n llawn o nwyddau drud. Ac os ei di draw i'r harbwr am hanner nos, ti'n siŵr o weld Amos yn bargeinio ar y slei. Yn prynu pethau heb fod y capten na swyddogion yr harbwr yn gwbod amdanyn nhw. Gei di weld pa mor "onest" ydy o wedyn.'

Mae Elsi wedi'i stwffio'i phen drwy fariau'r giât eto, a'i chyrls gwyllt yn bownsio wrth iddi nodio i gytuno â Guto.

'Dwi 'di bod yn trio deud wrth y bosys yn fan'ma ei fod o'n delio mewn contraband. Wedi sôn wrth Nyrs Jenat a Robat Wyllt droeon. Oedd yn wastraff amser achos maen nhw mor llwgr ag Amos eu hunain. Dwi 'di bod i weld Mr Watkins, y pennaeth, hefyd. Ond wsti be, Pegi, sneb yn dy gredu di os ti'n un o rafins Gwag y Nos. Sneb hyd yn oed yn gwrando arnan ni, garidýms y wyrcws ...'

'Shh, Guto – mae Robat Wyllt yn prowlan,' sibryda Elsi gan dynnu ar lawes ei grys budur. 'Tyrd.'

'... Ond wnawn nhw wrando arnat ti, Pegi, felly mae'n rhaid i ti gael tystiolaeth bod Amos yn delio mewn contraband. A'r unig ffordd i gael hwnnw ydy mynd draw i'r harbwr heno i'w weld o'n prynu stwff yn anghyfreithlon oddi ar long y *Lady Margaret*. Wnei di hynny, i helpu Ifor? A finnau?'

'Gwnaf,' medda fi'n bendant, 'mi a' i.'

'Ond cym ofal, Pegi. Cadw o'r golwg. Mae'r smyglwyr 'ma'n beryg bywyd, cofia. Gynnon nhw ormod i'w golli.'

A jest fel'na, mae Guto ac Elsi wedi diflannu i ddüwch Gwag y Nos gan adael Crawc a finnau y tu allan i'r giatiau mawr haearn.

16

Dyma fi. Harbwr Pwllheli. Hanner nos. Yn cuddio tu ôl i bentwr o lechi gwlyb, ogla pysgod ar yr awel a Crawc wedi glanio ar fast cwch hwylio ac yn pincio plu ei hadenydd.

Dydw i ddim eisiau gorfod gwneud hyn: helpu 'mrawd, sortio Nain allan, gweithio'n y ffatri o fore gwyn tan nos a gwneud oriau o waith tŷ ar ôl mynd adre. Dwi eisiau mynd yn ôl i ers talwm. I gyfnod hapusach, haws, pan oedd Tada yn dal yn fyw, pan oedd Nain yn hi ei hun cyn iddi ddechrau ffwndro, pan oedd Ifor a finnau'n chwarae cuddio yn y creigiau ger ein hen gartref ym Mryncir. Dim ond tair ar ddeg ydw i. Plentyn. Pam mae'n rhaid tyfu i fyny? Cael cyfrifoldebau trwm sy'n pwyso i lawr ar fy sgwyddau? Ai dyna pam dwi mor fyr? Heb dyfu cyn daled â phlant eraill, a byth yn debygol o'u dal nhw i fyny?

Dwi'n meddwl am Anni Baako – wedi byw ar strydoedd Lerpwl efo cannoedd o blant tlawd eraill. Lwyddodd hi i wella ei bywyd, yn do? Tybed a wnaiff yr un peth ddigwydd i mi? Dwi'n dychmygu fy hun yn gwisgo ffrog o sidan glas-ddu, het â phluen arni ar fy mhen, ac yn cerdded i mewn i'r ffatri wlân a chomisiynu carthen newydd brydferth efo patrwm hollol wreiddiol sy wedi'i chynllunio'n sbesial i fy ffrind, Meistres Ellen John Ellis.

'Pssst!' Mae llais dwfn dyn mawr yn sibrwd reit tu ôl i mi. Fy nghalon yn curo fel drwm, mae arna i gymaint o ofn. 'Ty'd yma,' meddai'r llais wedyn. O na. Dyma ni. Dwi 'di cael fy nal. Anadl fawr, yn barod i gamu allan o'r cysgodion, ond yna clywaf lais arall …

'Lle ti 'di bod?' Dwi'n nabod y llais hwn yn iawn. 'Be sy gen ti?'

'Celc go dda i ti heno, Amos.'

Dwi'n mentro sbecian ar y ddau'n sgwrsio yn y tywyllwch. Morwr ydy'r un byr – wela i ei drowsus llydan a chap yn dynn ar ei ben. Does dim amheuaeth pwy ydy'r llall. Y sgwyddau llydan a'r coesau bwa. Amos.

O fewn eiliadau mae'r ddau wedi taro bargen.

Mae'r morwr yn rhoi sach dew i Amos, hwnnw'n agor y sach, astudio'r cynnwys, yna'n estyn pres mân o'i boced a'u cyfri i law'r morwr – un, dwy, tair coron, deg swllt, dwy geiniog a dimau sibryda dan ei wynt. Beth bynnag sy'n y sach, mae o'n stwff drud.

'Rỳm a baco gorau'r Caribî, Amos, werth bob dimau,' meddai'r morwr. 'Ac mae'r te yma'n ddigon da i Syr Hugh ei hun – dŵr dail yr India ydy'r enwocaf yn y byd. Wnei di ffortiwn wrth werthu hwn am grocbris i dy fêts ym Mhlas Bodfel.'

'Gwell peidio clebran am Blas Bodfel tydy, y twpsyn.' Mae Amos wedi cythru coler crys y morwr a'i wthio gerfydd ei wddw yn erbyn y pentwr o lechi lle ydw i'n cuddio, a sy rŵan yn ysgwyd yn simsan. 'Ein trefniant bach preifat ni ydy hwn. Sdim angen i Syr Hugh a'r byddigions gael gwbod, nag oes?'

Dwi'n chwys domen. Yn crynu ger y pentwr uchel o lechi tra bod y ddau horwth mawr trwm yma'n gwthio a thynnu ei gilydd yn drwsgl. Ond dydy hi ddim yn ffeit ddifrifol iawn, ac mae'r cyfan drosodd o fewn dim a'r smyglwyr wedi diflannu i'r nos. Y ddêl wedi'i gwneud.

Felly dyna be sy'n mynd ymlaen. Morwyr barus yn dwyn cargo o'r llong – rỳm, te, baco, siwgwr, unrhyw beth sy werth ei gael. Amos yn eu prynu fan hyn ar y cei tywyll ac yna'n eu gwerthu'n slei

trwy ddrysau cefn Bodfel, Nanhoron – wel, unrhyw blasty efo staff sy'n fodlon eu prynu a pheidio holi o ble ddaethon nhw.

Felly roedd Guto yn iawn. Mae Amos yn hollol lwgr, yn prynu contraband a'i werthu am grocbris. A neb yn amau dim.

Sgwn i lle mae o'n cael yr arian i brynu'r nwyddau, tybed? Mae angen tipyn o fodd i brynu gymaint o contraband. Fysa fo byth yn gallu fforddio talu pres fel'na o'i gyflog yn y ffatri.

Wrth gwrs! O'r diwedd dwi'n dallt. A'r geiniog wedi disgyn! Dwyn arian o'r ffatri mae o, siŵr iawn. Dyna lle mae'r pres i brynu contraband yn dod. Gallwn i gicio fy hun. Sut fues i mor hir yn gweithio hynna allan?

Felly dim wedi *cuddio* cwdyn arian yn ein twll llefrith-a-menyn ni er mwyn cael Ifor i drwbwl oedd Amos. Ond wedi *dwyn* arian o'r ffatri iddo fo'i hun, a chuddio'r cwdyn yn y twll – heb sylweddoli mai fan'na o'n i'n cadw'r llefrith ac yn ei gasglu bob bore. A phan ddes i â'r arian i'r ffatri, roedd o'n ddigon clyfar i greu stori a bachu ar y cyfle i ddial ar Ifor.

Sut fues i mor dwp â chamddeall hynna?

Ond y peth pwysicaf un ydy – mae hyn yn profi bod Ifor yn hollol ddieuog. Nid fy mrawd oedd wedi dwyn yr arian a'i guddio yn yr afon, ond Amos. Sut allwn i fod wedi amau Ifor?

Crawc! Rhybudd.

'Hei! Chdi!' meddai rhywun gan redeg tuag ata i'n rhyfeddol o gyflym. 'Be ti'n neud yn fan'na?' Ond dwi'n chwim ac wedi heglu hi o'r harbwr mewn amrantiad.

Mae'r egni o wybod bod Ifor yn dweud y gwir yn rasio trwy fy ngwythiennau ac yn fy ngyrru ymlaen ac ymlaen yr holl ffordd adre i dyddyn Pwll Bach.

17

Yr eiliad ddeffrais i, ro'n i'n gwybod yn union beth i'w wneud. Neidiais allan o'r gwely, gwisgo fy nillad ar frys, gosod a chynnau'r tân, gwneud uwd i Nain a finnau, ac allan â fi i'r bore bach cyn i Nain gael cyfle i ofyn, 'Lle ti'n mynd?'.

Dydd Sul ydy hi heddiw, diolch byth. Mae'r ffatri ar gau ar ddydd Sul, felly does dim rhaid i mi fynd i'r gwaith, a does dim rhaid i mi boeni am Nain am ei bod hi'n mynd i'r capel efo Catrin Jones ac ati hi am ginio. Maen nhw'n ffrindiau ers i ni ddod yma i Bwll Bach i fyw, ac ers i iechyd Nain waethygu, mae Catrin Jones wedi bod o help mawr i ni – yn picio heibio i ddweud helô, neu'n dod ag ychydig o ginio i Nain a chadw cwmni iddi tra bydda i ac Ifor yn gweithio. Rydan ni'n lwcus iawn o Catrin, yn enwedig wythnos yma, ac Ifor yn y carchar. Wn i ddim ydy hi wedi clywed bod Ifor yn y ddalfa. Mae'n siŵr ei bod hi – tydy pawb yn clebran am y peth? – ond soniodd hi ddim wrth Nain, diolch byth.

Heddiw mae'r awyr yn las, y byd yn lân ac yn ffres a finnau ar fy ffordd. Wedi cerdded drwy'r goedwig, mae hi'n braf bod allan mewn tir agored a dwi'n stopio i edrych o'm cwmpas. Wela i'r mwyar duon yn jam melys ar y mieri. A'r adar bach yn trydar yn y llwyni – clywaf gân swynol y drudwy a'r fronfraith, a chri ambell bioden flin yn rhincian ymysg ei gilydd. Dwi'n anadlu i mewn yn ddwfn er mwyn i ogla'r gwair, sy'n wlyb gan wlith, lenwi fy ysgyfaint. Tir fferm Pensarn ydy hwn – caeau gwastad yn llawn gwenith. Braf. Cyn bo hir, mae'r olygfa'n newid a dwi'n cerdded ar lwybr drwy dir corsiog afon Rhyd Hir, y brwyn yn uchel dros fy mhen. Sŵn hwyaid a ieir y gors sy'n fan hyn, ac ambell *grawc* gan fy ffrind ffyddlon, yr angel du sy'n hedfan ymhell uwchben.

Dwi wrth fy modd yng nghanol natur, allan yn yr awyr agored, yn dilyn fy nhrwyn a mwynhau'r teimlad o ryddid pur. Dydy hynny ddim yn digwydd yn aml, a minnau'n gweithio oriau hir am chwe diwrnod yr wythnos. Yn y gaeaf, wela i mo'r haul o ddydd Llun tan fore Sul, wel, heblaw am y pelydrau sy'n llifo i mewn i'r ffatri drwy'r ffenestri uchel, ond dydy hynny ddim yn cyfri, nac ydy. Dwi'n troi ac yn troi, breichiau ar led a'r awel yn feddal rhwng fy mysedd, fy mhen yn chwil wrth i'r holl synhwyrau pleserus lifo drwydda i.

Stopia synfyfyrio, Pegi. Canolbwyntia.

O bell mi wela i Blas Bodfel a'r gerddi bendigedig o'i amgylch. Dyma fi wedi cyrraedd y plasty er mwyn cael egluro wrth Syr Hugh bod Ifor yn ddieuog. Ar unwaith, dwi'n difaru – be dwi'n neud yma, yn gobeithio trafod efo Syr Hugh? Fydd gan y dyn ddim amser nac awydd i 'ngweld i. Fi, Pegi – hogan fach ddi-nod ac ychydig yn od sy'n gweithio am geiniogau yn ei ffatri. A 'mod i'n mynnu cael sgwrs efo *fo* – Syr Hugh John Ellis, Aelod Seneddol y sir, Ustus Heddwch ac un o fyddigions mwya pwerus gogledd Cymru. Sgen i ddim gobaith caneri o fynd i mewn i'r plasty. Sut fues i mor wirion ag ystyried y fath beth?

Arafu. Stopio. Syllu. Mae'r sefyllfa yn hollol anobeithiol a'm llygaid i'n pigo ac yn llosgi efo dagrau poeth. Ro'n i mor benderfynol bore 'ma i fynd i Blas Bodfel a gweld Syr Hugh, ac yn sydyn dwi'n teimlo mor ddiymadferth. Yn cicio fy hun am beidio credu Ifor reit o'r dechrau, a fynta'n frawd i mi. Wrth gwrs mae o'n ddieuog, sut allwn i fod wedi amau hynny? Gallwn i fod wedi ceisio'i achub ddyddiau'n ôl yn lle aros tan heddiw. Mae fy nghoesau'n drwm a fy nghôt yn pwyso arna i. Wedi fy llethu'n llwyr, dyma droi rownd a dechrau cerdded yn ôl, a Crawc yn fy nilyn uwchben.

'Pegi!' Clywaf lais yn galw'n bell tu ôl i mi o gyfeiriad y plasty. 'Pegi! Arhosa.' Dwi'n troi ar fy sawdl ac yn gweld rhywun tal yn rasio tuag ata i yn glogyn a sgertiau i gyd. Anni. O fewn dim mae hi wrth fy ochor, wedi colli ei gwynt ar ôl rhedeg mor gyflym ac yn chwysu chwartiau yn ei dillad dydd Sul.

'Pegi. Wen i'n meddwl taw ti oedd yna. Be ti'n neud fyn hyn?'

'Mae'n stori hir …' Dwi'n gwegian ac yn teimlo mor wan rhaid i mi eistedd ar garreg fawr ar ochor y llwybr. '… a sgen i ddim syniad be i wneud.'

A dyma fi'n adrodd y cwbwl wrth Anni: Ifor yn

y carchar, gweld Guto yn nhloty Gwag y Nos, ysbïo ar Amos yn prynu contraband ar y cei neithiwr efo arian wedi'i ddwyn o'r ffatri. Pob dim yn dod allan yn garbwl.

'Pegi fach, ma'n rhaid bod ti 'di blino'n rhacs. Drycha, dere 'da fi i'r plasty, gei di frecwast a 'chydig o orffwys cyn mynd yn ôl, mae'n bell i gerdded.'

'Iawn, diolch, Anni,' medda fi, gan gymryd ei llaw a chodi ar fy nhraed blinedig.

Dwi mor falch ei bod hi wedi cynnig bwyd a gorffwys i mi. Dim ond rŵan, ar ôl egluro popeth, dwi'n sylweddoli 'mod i'n llwgu ac ydw, wedi blino'n rhacs. Wrth i ni'n dwy gerdded tuag at y plasty, dwi'n cyfadde wrth Anni y prif reswm pam oeddwn i'n anelu am Blas Bodfel – i ddweud wrth Syr Hugh beth dwi'n ei wybod am Amos, yn y gobaith y bydd Ifor yn cael ei ryddhau.

'Mae o'n syniad twp. Dwn i'm be ddaeth drosta fi'n meddwl bysa Syr Hugh yn gwrando arna i.'

'Wrth gwrs wneith e wrando arnot ti, Pegi. Ma fe'n ddyn pwysig, ydy, ond ma fe'n deg a bob tro'n ceisio neud y peth iawn. Os oes rhywun yn dwyn arian o'r ffatri, bydde'r meistr moyn gwbod pwy yw'r lleidr, hyd yn oed os taw'r rheolwr yw e. A' i â ti i'w weld e. Ond gynta, bwyd!'

18

'Dere mewn,' meddai Anni dros ei hysgwydd gan godi cliced trwm drws cefn Plas Bodfel. 'Paid â bod ofn.'

A dwi'n ei dilyn hi i ddwndwr y gegin.

Mae cegin y plas yn anferth – stafell sgwâr â tho uchel, silffoedd llawn padelli copr ar un wal, dresel dywyll yn erbyn un arall, stof fawr ar y wal bella. Gwela i un drws yn mynd drwodd i'r pantri ac un arall i'r cefn, a reit yng nghanol y gegin mae bwrdd hir o bren. Mae'r stafell yn ferw o weision, pawb yn brysur yn plicio, yn pluo neu'n pobi. Ar y stof fawr mae dwsin o sosbenni copr o bob maint yn berwi. Ac ar y bêr uwchben y tân mawr, mae darn anferth o borc yn cael ei droi'n araf dros y fflamau, ei saim chwilboeth yn sboncio ar y tân, yr arogl yn tynnu dŵr i 'nannedd i.

A'r holl fwyd! Bara ffres, cacennau cri, bisgedi sinsir a theisen gyraints ar un pen y bwrdd. Pwdinau roli-poli, sbwng ffigys a chacen driog ar y pen arall. Ar y llawr mae basgedi yn orlawn o foron, tatws, bresych, ffa, nionod a chabaits coch yn barod i'w paratoi. Mae'r aer yn y gegin yn gymysgedd o ogla saim a phwdin siwet, ac mor drwchus gallech chi ei dorri efo cyllell fara.

'Beti, tyrd â llwy bren i mi, wnei di?' meddai Mrs Bowen y Cwc wrth y forwyn fach eiddil sy'n amlwg yn gyfrifol am y badell fawr o grefi trwchus ar y stof.

'Dyma chi, Cwc.' Mae Beti chwim yn ôl mewn chwinciad efo llwy bren er mwyn i Cwc gael blasu ychydig o'r grefi i weld a ydy o'n ddigon da. Mae Beti'n edrych arni efo chymysgedd o falchder a nerfusrwydd.

'Ych a fi!' Mae Cwc bron â phoeri'r grefi allan wrth wneud ystumiau hyll. 'Halen mae hwn angen, Beti, a digon ohono fo. Oes rhaid i mi dy atgoffa di am yr halen bob tro?'

'Sori, Cwc,' meddai Beti druan, wedi torri ei chalon.

Mewn dim mae rhywbeth arall wedi tynnu sylw Mrs Bowen – y rhes o ddofednod sy wedi'u gosod ar slabyn o farmor yn barod i fynd ar y bêr. 'Pwy wnaeth bluo'r chwaden 'ma? Chdi, Moc?' Nodio mae'r llanc llywaeth sy'n sefyll ger y slabyn. Gen i biti drosto fo, yn syllu'n ddigalon ar yr oriau o waith plycio plu fu'n chwysu drosto ers ben bore. Plycio sy'n amlwg ddim yn plesio Cwc.

'Wel, dydy o ddim digon da, mae hanner y plu'n dal yn sownd a does neb o westeion bonheddig Syr Hugh eisiau llyncu llond ceg o blu, nag oes?'

Na. Ysgwyd ei ben yn ddifrifol mae Moc cyn i Cwc symud ymlaen i gwyno am waith y gwas nesa. Ond unwaith y mae hi wedi troi ei chefn, mae Moc yn bywiogi drwyddo, yn dechrau gwenu fel giât ac esgus plycio plu oddi ar ei chefn hi! Dangos ei hun o flaen Anni a fi mae o, ond mae'n amlwg bod Moc yn dipyn o gês ar y slei.

Roeddwn i'n piffian chwerthin gymaint ar ystumiau Moc, wnes i ddim sylwi 'mod i wedi camu i bwll o saim llithrig ar y llawr. Ond cyn i mi gael codwm, dyma Anni'n gafael yn fy mraich a'm tynnu'n ddiseremoni allan drwy ddrws y gegin ac i'r cyntedd.

'Rhaid i ni siapo hi, Pegi, bydd gwesteion Syr Hugh yn cyrraedd cyn bo hir. A chawn ni ddim cyfle i'w weld e wedyn.'

O'i phoced mae hi'n estyn bara a chig moch gymerodd hi'n slei bach, a'u rhoi i mi. Sut lwyddodd hi i ddwyn talpiau mawr o gig hallt a bara heb i neb sylwi, wn i ddim. Mae'n rhaid ei bod hi'n dda am ddwyn o bocedi byddigions Lerpwl ers talwm. Mae'r bwyd yn blasu'n fendigedig, yn enwedig y bara gwyn meddal, sy ddim byd tebyg i'r bara haidd caled rydan ni'n ei gael adre – mae cnoi hwnnw fel trio cnoi darn o bren. Ond dwi'n llwgu gymaint, mae'r sgram wedi'i sglaffio mewn eiliadau wrth i mi ddilyn Anni trwy'r coridorau tywyll at y parlwr.

19

Dydw i erioed yn fy myw wedi gweld stafell mor foethus â pharlwr Plas Bodfel. Carpedi trwchus fel mwsog. Cypyrddau pren tywyll. Bwrdd mahogani crwn. Ond y peth sy'n fy synnu fwya ydy'r holl ganhwyllau sy'n llosgi, a hynny yn ystod golau dydd. Er ei bod hi'n fore heulog, mae'r stafell wedi'i goleuo efo mwy o ganhwyllau nag y bysan ni'n eu defnyddio mewn blwyddyn adre. A chwyr ogla da hefyd – cwyr gwenyn mêl o wenynfa'r plasty, ddim canhwyllau fel ein rhai ni, wedi'u gwneud o saim defaid sy'n arogli fel cig rhost pan maen nhw'n cael eu llosgi.

Ac yn wincio arna i yng ngolau'r holl ganhwyllau mae'r llestri arian sy'n llenwi'r cypyrddau gwydr a'r silffoedd uchel. Platiau hirgrwn mawr o arian pur, cerfluniau bach tlws o dylwyth teg a cheffylau

ac ambell ddraenog bach doniol. Powlenni mawr o wydr efo patrymau blodau wedi'u naddu arnyn nhw, sy'n disgleirio fel dafnau o ddŵr afon Rhyd Ddu yn tasgu yn haul y bore. Anhygoel.

Canolbwynt y stafell yw'r lle tân mawreddog wedi'i wneud o farmor, efo drych mawr uwch ei ben a thanllwyth o dân glo yn y grât. Ac yn fan'no, yn cynhesu ei ben ôl ger y tân ac yn sugno'n ddwfn ar bibell dew mae Syr Hugh John Ellis.

‘Esgusodwch ni, Syr Hugh,’ meddai Anni’n gwrtais, ‘ond ma Pegi angen help.’

‘Dewch yn ôl fory, genod, does gen i ddim amser i drafod unrhyw beth ar hyn o bryd.’ Mae o’n estyn ffob-wats aur o boced ei wasgod, ac yn ei fflicio’n agored i weld faint o’r gloch ydy hi. ‘Bydd ein gwesteion yn cyrraedd am ginio cyn bo hir.’

‘Mae’n bwysig, Syr. A fydd Pegi ddim yn hir yn egluro popeth.’

Mae Syr Hugh yn syllu arnaf i’n edrych i lawr ar y carped ac yn rowlio’r darn o edau gwlân wnes i ei ffeindio yn fy mhoced yn ôl ac ymlaen rhwng fy mysedd. Dwi’n gwybod yn iawn be mae o’n ei weld – hogan od.

‘Hmm!’ Pwff arall o’i getyn. ‘Pegi, ia? Ti sy’n gwneud y garthen i Anni, yndê?’

Nodio. Ia.

‘Wel, Pegi, allan â fo …’

Dwi’n tynnu anadl fawr, cyfri i dri, codi ’mhen, syllu’n syth i lygaid Syr Hugh a dechrau egluro.

Mae’r cwbwl yn dod allan ar unwaith: o fore Gwener, pan ddois i o hyd i’r cwdyn arian wedi’i guddio yn afon Rhyd Ddu, i neithiwr pan welais i Ifor yn y carchar, ac Amos yn bargeinio am lŵt wedi’i ddwyn o’r llong yn harbwr Pwllheli.

‘Pegi, er mwyn i mi gael bod yn hollol glir – mi welaist ti Amos yn harbwr Pwllheli am hanner nos neithiwr yn bargeinio â morwr oedd wedi dwyn rỳm a baco o'r *Lady Margaret*?'

'Do, Syr.'

'A welodd unrhyw un arall hyn yn digwydd?'

'Naddo, Syr.'

'Oeddet ti'n adnabod y morwr oedd yn gwerthu'r nwyddau i Amos?'

'Yym, nag oeddwn, Syr.'

'Am hanner nos, medda ti?' Dwi'n nodio – ia. 'Hmm, yn y tywyllwch felly? Roedd yr harbwr yn dywyll fel bol buwch yr adeg hynny, mae'n siŵr?' Dwi'n gwybod yn iawn lle mae o'n mynd efo'r sgwrs yma.

'Oedd, Syr. Ond o'n i'n gweld yn ddigon da, roedd fy llygaid wedi arfer efo'r tywyllwch,' medda fi'n gyflym, yn trio perswadio'r meistr. Er, wedi adrodd y stori, dwn i ddim os ydw i wedi llwyddo i wneud hynny, nac i berswadio fy hun chwaith. Dwi'n dal llygaid Anni a dydy hi ddim yn edrych yn obeithiol o gwbwl. Yn sydyn, mae mwg sbeislyd cetyn Syr Hugh ac ogla trwm y lilis gwyn yn gwneud i 'mhen i droi. Dwi'n teimlo'n sâl, blas chŵd yng nghefn fy ngwddw. Dal cefn cadair i sadio fy hun. Ond mae'r sgwrs yn mynd o ddrwg i waeth.

'Mae'r rhain yn gyhuddiadau hynod o ddifrifol, Pegi. Yn erbyn rheolwr y ffatri o bawb.'

‘Fi’n gwbod bod Pegi’n dweud y gwir, Syr.’ Mae Anni’n gweiddi ar draws Syr Hugh, a fynta’n edrych yn flin arni hi. Ssshhhh, Anni, bydd o wedi gwylltio efo ni cyn bo hir. Ond mae hi’n cario ymlaen ac ymlaen. ‘Achos all hi ddim dweud celwydd. Un fel’na yw Pegi – hollol onest ac agored, dyna’i natur hi.’

Mae Syr Hugh yn syllu arna i am hir tra ’mod i’n astudio’r carped siâp diemwntiaid coch a hufen ar y llawr, a gwneud dwrn caled efo fy llaw dde nes bod fy ewinedd yn gwasgu i gledr fy llaw – unrhyw beth i dynnu fy sylw rhag ei lygaid arna i. Sugna’n ddwfn ar ei getyn ac o’r diwedd mae’n dweud yn garedig,

‘Wel, bydd angen mwy o dystiolaeth na hyn, genod. Gair Pegi yn erbyn un Amos ydy’r unig beth sydd gennym ni. Ac allaf i ddim arestio Amos heb gael mwy o dystiolaeth.’

‘Ond Syr Hugh, rhaid i ni gael Ifor fy mrawd allan o’r carchar,’ medda fi’n daer, erbyn hyn yn dweud rwbath-rwbath er mwyn i’r meistr helpu, er ’mod i’n gwybod yn iawn bod hynny am ei wneud yn fwy penderfynol.

Y munud hwnnw, clywn sŵn y drws yn agor ac mae morwyn yn dod i mewn efo hambwrdd trwm. Arno mae pot o goffi, jwg o lefrith, powlen o siwgr, dwy gwpan a soser tsieina a phentwr o fisgedi sinsir cynnes. Mae’r holl beth yn arogli mor fendigedig mae 'mhen i'n dechrau troi eto. Dydw i erioed wedi yfed coffi ond maen nhw'n dweud ei fod o'n ddiod chwerw a chryf – ac ar ôl llymaid neu ddau mae'n gwneud i'r meddwl rasio a ffrwydro. Wel, mae fy meddwl i'n rasio a ffrwydro digon fel mae hi, felly dydw i ddim angen coffi. Wrth i'r forwyn osod yr hambwrdd ar fwrdd bach ger y soffa dwi'n sylwi mai Kiti Glandon ydy hi.

Daw Meistres Ellen i mewn i'r parlwr yn araf, gan bwyso ar ei ffon o eboni, ei ffrog sidan foethus yn siffrwd efo bob cam pwyllog. Er ei bod hi'n gloff, mae hi'n symud yn osgeiddig ac yn denu sylw pawb yn y stafell.

'Diolch, Kiti. Dyna'r cyfan am y tro,' meddai'n garedig wrth y forwyn, sy'n gwneud cyrtsi fach dwt ac yna'n cerdded allan o'r stafell tua'r gegin.

'Bore da, ferched,' meddai'r feistres ar ôl eistedd ar y soffa lydan ger y bwrdd a thywallt coffi iddi hi a'i gŵr.

'Mae'n ddrwg iawn gennym ni eich siomi chi'ch dwy, ond fel glywsoch chi, all Syr Hugh wneud dim heb ragor o dystiolaeth. Anni, wnei di hebrwng Pegi yn ôl adre?' meddai hi'n glir, mewn llais sy'n cymryd dim nonsens, gan ychwanegu, nid yn angharedig, 'A piciwch heibio'r gegin am ddarn bach o gacen ar y ffordd.'

20

Mae gen i dafell fawr o gacen felys yn fy mhoced ond dydy hi ddim yn gwneud i mi anghofio'r lwmpyn yn fy mol. Mae fy nghoesau fel plwm a 'mhen i'n troi. Beth yn y byd wnawn ni? Diolch byth, mae Anni o gwmpas ei phethau.

'Wel, Pegi, glywest ti beth ddwedodd Syr Hugh a Meistres Ellen – sdim dewis 'da ni, ma'n rhaid i ni fynd i chwilio am dystiolaeth. A ti'n gwbod lle gawn ni hwnnw?' Mae Anni'n camu'n gyflym o 'mlaen i heb aros am ateb. 'Ie, tŷ Amos.'

Yng Nglan-y-Gors mae Amos yn byw, a dyna lle ydan ni'n dwy rŵan, yn cuddio tu ôl i'r wal isel o flaen tŷ hir hynafol wedi'i wyngalchu, a Crawc yn clwydo ar y simne. Dwn i'm beth ydan ni'n dwy yn ei ddisgwyl, na beth ydan ni'n gobeithio ei gyflawni wrth swatio yn fan'ma o flaen Glan-y-Gors. Ond yn sicr dydan ni ddim yn disgwyl gweld yr hyn sy'n digwydd nesa.

Mae'r drws yn agor a phwy sy'n dod allan, yn gwisgo ei chôt a'i het orau, ond Kiti Glandon, yn amlwg wedi gorffen ei shifft ym Mhlas Bodfel. Mae hi'n sbecian o'i chwmpas yn slei, ac ar ôl tsiecio bod neb yna, yn camu allan drwy'r drws a cherdded yn ffroenuchel i lawr y llwybr a thrwy'r giât. Dydy hi ddim yn troi i weld ydy Amos yn ei dilyn; mae hi'n gwybod ei fod o fel ci bach yn trotian tu ôl iddi.

'Kiti Glandon?' meddan ni'n dwy efo'n gilydd o'n cuddle, ar ôl i'r ddau gerdded drwy'r giât ac i lawr y llwybr cul fraich ym mraich.

'Gyda Amos. Ych a fi.' Mae Anni'n gwneud ystumiau.

'Ti'n meddwl eu bod nhw'n gariadon?'

'Wedd hi'n edrych fel'ny!' Daw golwg o ffieidd-dra ar wyneb Anni wrth ddychmygu'r anadl ddrwg a'r barf seimllyd.

'Wel o leia 'dan ni'n gwbod y bydd Amos yn brysur pnawn 'ma!' medda finnau efo gwên, gan godi a llamu i lawr y llwybr tuag at y tŷ. 'Arhosa di allan yn fan'na, Anni, a wnaiff Crawc fy rhybuddio os bydd rhywun yn dod.' Codi bawd ar Crawc ar y simne, agor clicied y drws a chamu dros y rhiniog. Dwi mewn.

Beth oedd ar fy mhen i? Er ei bod hi'n hwyr y bore, mae hi'n dywyll fel y fagddu, a phrin bod golau dydd yn dod i mewn drwy ffenestri bach y tŷ hynafol. Wela i ddim byd. Ond yn araf, mae fy llygaid yn arfer efo'r düwch, ac fe alla i weld siapiau'r dodrefn, a dwi'n cychwyn ar y busnesu.

Yn gynta dyma agor droriau'r ddresel a theimlo tu fewn i bob un yn ei dro. Chwilio am arian mewn cwdyn lledr efo stamp y ffatri arno ydw i, yn ddelfrydol. Ond fe wnaiff rỳm, baco neu sachiad o ddail te y tro hefyd. Unrhyw beth wnaiff brofi bod Amos yn llwgr. Ond heblaw am ambell fotwm corn a phibell bridd, does dim byd o werth yn y ddresel.

Draw at y cwpwrdd cornel. Dim byd. Silffoedd y gegin, yn y fatres, dan y matiau, yn y twba golchi. Dwi hyd yn oed yn edrych tu ôl i lun bach sy'n hongian ar y wal – sampler o ffatri wlân wedi'i frodio ar liain ac wedi'i osod mewn ffrâm bren. Craffu. Ffatri Bryncir ydy hon, dwi'n ei nabod hi'n iawn. Dyna od. Rhoi hi'n ôl ar y bachyn yn ofalus.

Yn y llwydolau tawel dwi wedi byseddu pob cuddle posibl fysa Amos yn cadw lŵt, a does dim un peth i'w ffeindio fan hyn. Affliw o ddim. Gwastraff amser llwyr.

Crawc!

Daw sŵn rhybudd Crawc i lawr y simne – mae rhywun yn dod. Sleifio allan fel cysgod ac mae Anni a finnau wedi'i heglu hi i fyny'r lôn ac yn ddigon pell i ffwrdd cyn i neb ein gweld ni.

21

'Felly, welest ti ddim byd anarferol?' hola Anni. 'Te? Siwgwr? Rỳm?'

Ysgwyd pen. Na. 'Yr unig beth dynnodd fy sylw oedd sampler bach o Ffatri Bryncir ar y wal.'

'Mmm. Od. Tybed oedd Amos Wilias yn gweithio yn Ffatri Bryncir ers talwm? Neu'n byw yn yr ardal?'

'Nag oedd, neu fysa Nain wedi nabod yr enw ac yn siŵr o sôn.'

'Ti'n siŵr y bydde hi'n cofio?' hola Anni'n betrusgar.

'O bysa, cofio'r cwbwl. Roedd hi wrth ei bodd yn byw yn ardal Bryncir – wel, roeddan ni gyd yn cael gymaint o hwyl.'

'Dyna lle wnest ti ddysgu trin gwlân?'

Dim ond un cwestiwn bach diniwed ac roeddwn

i'n syth yn ôl yn ein hen fywyd ac yn dweud y cwbwl wrth Anni.

'Tada ddysgodd fi i weu. Tua phump oed o'n i. Pwyth o'r dde, pwyth o'r chwith, codi pwythau, gollwng pwythau. Roedd Tada yn amyneddgar, chwarae teg. A hyd heddiw, bob tro dwi'n gweu, bydda i'n cofio Tada yn dweud, "Gan bwyll, Pegi fach. Gan bwyll." Ac yn cofio sut oedd Tada yn fy helpu i godi pwythau neu drwsio twll: "Dim ond twll bach ydy o, cyw, paid â phoeni." Dyna fyddai o'n ei ddweud bob tro.

'A chyn bo hir, roeddwn innau'n eistedd efo Tada, Nain ac Ifor o flaen y tân, ein gweill yn clacio'n ddi-baid wrth weu parau a pharau o sanau cynnes er mwyn eu gwerthu yn y farchnad.

‘Casglu gwlân o’r gwrychau cyfagos oeddwn i. Ac weithiau ei “fenthyg” o Ffatri Bryncir. Roedd hi’n rhyfeddol o hawdd – sach dew llawn cnu wrth y giât, llacio’r cwlwm, agor y sach a thynnu gwerth oen bach o wlân allan. Wnaiff hwnnw ddwsin pâr o sanau. Jest gobeithio fyddai neb yn holi o ble ddaeth y gwlân, neu fyddwn i’n siŵr o gyfadde, a minnau’n methu dweud celwydd.

‘Roedd pawb ym mhentre Bryncir yn gweu sanau. Bob nos ar ôl diwrnod hir o waith yn y ffatri, byddai teuluoedd cyfan yn gweu a gweu o flaen y tân. Yn amal roeddan ni’n mynd drws nesa i weu efo teulu Tŷ Pen. O’n i wrth fy modd ar y nosweithiau hynny – pawb yn cael hwyl yn morio canu i gyfeiliant y gweill yn clacio. Weithiau byddai John Gogoniant yn adrodd straeon ysbryd oedd mor arswydus o’n i’n anghofio gweu, a Tada yn pwnio ’mraich i. “Wnaiff y sanau ’ma ddim gweu eu hunain, Pegi fach!”

‘Un tro, roedd John Gogoniant wedi mynd i hwyl go iawn yn dweud wrthan ni am y noson glywodd o sŵn crafu yn y twll dan grisiau, sŵn oedd yn mynd yn uwch … ac yn uwch … ac yn uwch.

“Llygoden fawr oedd hi, y lembo!” meddai Tada a phawb yn rowlio chwerthin. Ond na, meddai John mewn llais crynedig, roedd y crafu’n fwy brawychus na hynny o lawer. Beth bynnag oedd yn llechu dan y grisiau, ddim llygoden fawr oedd hi. Achos wedyn, clywodd sŵn rhywun, neu rywbeth, yn wylo yn dawel fel babi bach yn ei gwsg, cyn gwaethygu a mynd yn fwy ac yn fwy dieflig – fel petai babi'r Diafol ei hun yn sgrechian dan y grisiau. Roeddan ni i gyd yn gwrando ar John Gogoniant mor astud, a'n dwylo'n crynu gymaint, roedd pawb wedi stopio gweu. Pawb yn aros i glywed diwedd y stori erchyll.

'Munud nesa fe neidiodd Nana Ifans, mam John, ar ei thraed gan sbwbio gwlân i bobman, pwyntio at y twll dan grisiau a gweiddi,

"Be ydy'r sŵn 'na?" efo'i chroen yn wyn fel … wel, yn wyn fel ysbryd.

"Shshshsh," meddai pawb er mwyn i ni i gyd gael gwrando. A wir i chi, roedd sŵn crafu, a chri tawel yn dod o'r twll dan grisiau, cri oedd yn mynd yn uwch ac yn uwch nes ei fod yn union fel y babi diafol roedd John wedi'i ddisgrifio. O mam bach! Y sgrechian. Y bangio. Y tŷ'n crynu. Ac yn sydyn…

'Crash anferthol! Malodd drws y twll dan grisiau'n rhacs ar y llawr a phwy neidiodd allan efo cynfas wen dros ei phen ac yn gweiddi "Wwwww-wwwww!" ond Ceri Benfelen, merch John. Wel, mi chwarddon ni gymaint, ro'n i'n poeni bod Nain am golapsio yn y fan a'r lle a throi'n ysbryd ei hun!'

Am hir, roedd Anni a finnau'n rowlio chwerthin mewn sterics wrth ddychmygu'r sefyllfa.

'Dyddie da!' meddai Anni o'r diwedd efo gwên lydan.

'Oeddan. Dyddiau da iawn!' cytunaf. Ond yna, daeth pwl o dristwch drosta i. 'Roeddan ni mor hapus ym Mryncir ers talwm, Anni, cyn dod i fan'ma a phopeth yn mynd o'i le.'

Mae Anni'n gafael am fy mraich ac yn dweud yn gefnogol, 'Daw haul ar fryn i ti, Pegi, gei di weld. Ti'n ferch alluog. Benderfynol. Mae gen i ffydd ynddot ti, ti'n siŵr o ffeindio ffordd i ryddhau Ifor.'

Ond y gwir yw, does 'run ohonon ni'n siŵr iawn ydy hynny'n wir.

Rydan ni'n dwy'n dawel am hir wrth gerdded fraich ym mraich ar hyd y llwybr tuag at Creigiau Iocws, a Crawc yn hedfan yn osgeiddig yn yr awyr uwchben. Fedra i mo'r help â meddwl ei bod hi'n darogan rhywbeth drwg.

22

O bell, mae criw yn cerdded tuag aton ni ar hyd y llwybr ac wrth iddyn nhw agosáu fe wela i mai Prysor y Trysor a'i deulu ydyn nhw. Dyn tal, tenau ydy Prysor Puw, efo gwallt afreolus yn dianc o'i het. Prin o'n i'n ei nabod o bell achos, mwya od, mae o'n cerdded yn gefnsyth, ddim wedi plygu yn ei gwman fel y mae o yn y ffatri yn seboni o flaen Amos. Mae o'n bell dros ei hanner cant, tipyn hŷn na'i wraig, Margaret. Y tu ôl iddo mae saith o'i blant, pob un yn fengach na fi, ac wedi'i lapio'n dynn mewn siôl ar fynwes ei fam mae babi tua chwe mis oed. Wela i fod yr hynaf o'r plant, Jac, yn gloff ac yn defnyddio ffyn baglau i gerdded, un o dan bob cesail. Polio achosodd hynna, mae'n siŵr – salwch ofnadwy sy'n effeithio ar yr esgyrn. Gen i biti drosto fo, fydd o byth yn gwella.

Efo teulu mawr fel'ma sdim syndod bod angen tipyn o arian ar Prysor – tybed ydy hynny'n profi ei fod o'n dwyn ar y cyd efo Amos?

'Bore da, Mr Puw, Mrs Puw. Braf, on'd yw hi?' meddai Anni'n gwrtais wrth i deulu Prysor ddod yn agosach.

'A bore da i chithau, Neli,' meddai Prysor gan godi ei top-hat yn ffurfiol. 'Ydy, diwrnod braf iawn. Ar y ffordd i'r capel ydych chi'ch dwy, fel ninnau?' Dydy Anni'n dweud dim, wedi synnu bod Prysor newydd ei galw hi'n Neli ac yn amlwg ddim wedi'i nabod hi.

'Na, wedi bod am dro ydan ni, a rŵan am ei throi hi am adre, Mr Puw,' atebaf i, i lenwi'r bwlch yn y sgwrs. A dyma Prysor yn troi ata i ac yn dweud,

'Braf iawn, Sali, 'chydig o awyr iach yn gwneud lles, tydy. Well i ni fynd yn ein blaenau, neu byddan ni'n hwyr i'r cwrdd. Cofiwch fi at eich mam, gwnewch, Sali. Gobeithio y bydd hi'n well cyn bo hir.'

Dydy Anni na fi'n siŵr sut i ymateb.

'Mae'n dda gen i'ch gweld chi, ferched – Sali, Neli,' meddai Prysor gan godi'i het i ni'n dwy cyn pasio heibio, ac yna'i gosod hi'n ôl ar ei ben. 'Dydd da.'

‘Sali?’ dwi’n sibrwd wrth Anni mewn penbleth.

‘Neli? Dyw e byth yn credu taw Neli Gyfynys ydw i? Mae honno bron yn ddeugain oed, ac yn fam i naw o blant!’

‘Ac mae’n rhaid mai Sali Richards mae o’n meddwl ydw i. Mae ei mam hi wedi bod yn wael iawn, tydy? Ond mae Sali lot, lot talach na fi!’

Doedd gan Prysor ddim syniad pwy oedd y ddwy ohonon ni, er ei fod o’n ein nabod ni’n iawn, ac yn fy ngweld i yn y ffatri bob dydd.

‘Roedd hynna’n od, doedd? Dydw i ddim byd tebyg i Sali Richards,’ medda fi, mewn penbleth.

‘Nag’yt. A sdim patshyn llygad na chroen du fel fi gyda Neli Gyfynys.’ Mae Anni’n dechrau piffian chwerthin, ‘Be sy’n bod ar y dyn?’

23

'Ti'n gallu darllen a sgrifennu, Pegi?'

'Ydw, ond mathemateg sy orau gen i,' dwi'n ateb.

'A! Mae hynny'n egluro pam ti mor dda am gynllunio carthenni, felly. A Saesneg? Beth am hwnnw? Ti'n deall yr iaith?'

'Dipyn go lew. Ddysgodd Tada rywfaint i Ifor a fi, a wedyn driodd Nain ddysgu ni ar ôl i ni symud i fan'ma i fyw ond doedd ei Saesneg hi ddim yn dda iawn. Ac Ifor yn pryfocio hi drwy'r amser drwy ei dynwared hi efo'i, "Haw dŵ iŵ dŵ!" a "Biwtiffwl dêi usynt it!" Rhoddodd Nain y ffidil yn y to wedyn, a wela i ddim bai arni!'

Cerdded yn ôl i Bwll Bach mae Anni a fi, yn prepian yn ddi-baid yr holl ffordd. Mae hi mor hawdd sgwrsio efo Anni, a hithau'n fy holi'n dwll, eisiau gwybod bob dim amdana i – dydy hynny erioed wedi digwydd i mi o'r blaen. Fi, Pegi Chwinc.

Sgwrsio am Ysgol Rhyd Ddu ydan ni rŵan.

'Mr Harris oedd ein prifathro ni. Dyn cas. O'dd gen i ei ofn o – ofn drwy 'nhin go iawn.'

'Wel, o leia est ti i'r ysgol, Pegi. 'Chydig iawn o addysg ges i erio'd. Es i'r ysgol Sul yn Lerpwl am gyfnod ond ar ôl i long fy nhad suddo ar y ffordd i Merica, o'dd rhaid i fi helpu Mam a mynd i weithio fel morwyn fach.' Mae Anni'n distewi am funud, ar goll yn ei hatgofion. Dydw i'n dweud dim, jest yn gwenu arni efo gwên dwi'n gobeithio sy'n garedig. 'Gei di'r hanes i gyd rhyw dydd, Pegi.'

Digon buan, mae hi'n bywiogi drwyddi a chario 'mlaen, 'Ond fi'n hapus nawr, ac ers dod i Blas Bodfel, ma Meistres Ellen wedi neud yn siŵr 'mod i'n ca'l gwersi darllen, sgrifennu, a mathemateg. A dwi wrth fy modd.'

'Ti'n lwcus. Roedd Mr Harris y prifathro yn fwli, wrth ei fodd yn defnyddio'r Welsh Not yn yr ysgol.'

'Sa i 'di clywed am y Welsh Not. Beth yw e?'

'Ffordd i'n stopio ni i siarad Cymraeg. Yn yr ysgol, o'n nhw'n meddwl bod y Gymraeg yn llai pwysig na Saesneg, felly pan oedd y prifathro'n clywed ni'n siarad Cymraeg, roeddan ni'n cael ein cosbi.'

'Eich cosbi am siarad Cymraeg? Shwt?'

'Roeddan nhw'n rhoi darn o bren efo W. N. arno fo am ein gwddw – hwnnw ydy'r Welsh Not. Ac os mai chdi sy'n ddigon anffodus i fod yn ei wisgo diwedd pnawn, ti mewn trwbwl.'

'Dyw hynny ddim yn neud synnwyr! Cymraeg ma pawb yn siarad rownd ffor' hyn – pam cosbi nhw am hynny?'

Mae Anni yn llygad ei lle, dydy o ddim yn gwneud sens.

'O'n i'n mynd i drwbwl byth a beunydd yn yr ysgol,' dwi'n cyfaddef. 'Fedra i mo'r help, dwi 'chydig yn wahanol i bawb arall, ac mae hynny'n mynd dan eu croen nhw. Wsti, Anni, doedd gen i ddim syniad be o'n i'n neud o'i le.'

Mae cofio'r Welsh Not yn corddi hen atgofion tywyll. Dwi'n ôl yn yr ysgol, yn sefyll o flaen y dosbarth, cywilydd yn rasio drwydda i ac yn amlwg i bawb – y bochau chwilboeth, y dwylo'n crynu, y croen cochlyd – wrth i Mr Harris roi'r llinyn dros fy mhen a'r pren dieflig am fy ngwddw eto yr wythnos honno.

'Wsti be, Anni, wnes i erioed ddallt bod plant eraill yn fy nhwyllo i i siarad Cymraeg diwedd pnawn jest er mwyn i mi gael y Welsh Not yn eu lle nhw. Dychmyga bod yn gyfrwys fel'na i osgoi cael dy gosbi.'

'Sdim rhaid i mi ddychmygu, dwi'n adnabod digon o bobol fel'na. Rhai sy'n fodlon rhoi bai ar gam i eraill er mwyn achub eu croen eu hunain.'

'Fel Amos Wilias.'

'Yn gwmws,' meddai. Mae hi'n stopio yn stond, sefyll o 'mlaen i, dal fy nwylo ac yn syllu i fyw fy llygaid. 'Ti'n gweld, dydy pawb ddim yn onest ac yn ddiffuant fel ti, Pegi. Ti'n wahanol, a cred ti fi, mae bod yn wahanol yn beth da.'

Ro'n i'n teimlo'n gynnes braf tu fewn ar ôl i Anni ddweud hynna, gwneud i mi feddwl ein bod ni'n dwy ffrindiau, er ei bod hi dipyn hŷn na fi. Roedd hi'n hwyl bod yng nghwmni Anni a chyfle i anghofio fy mhryderon am ychydig.

Ond erbyn hyn dwi wedi cyrraedd Pwll Bach ac maen nhw wedi llifo'n ôl a dwi'n mwydro siarad efo Crawc – neu, taswn i'n onest, mwydro siarad efo fi fy hun ydw i.

Rhaid i mi gael mwy o dystiolaeth am Amos, rywsut, achos fydd neb yn credu be welais i yn harbwr Pwllheli. Dim ond fy ngair i yn erbyn un Amos. Mae o bendant yn dwyn arian o'r ffatri wlân a'i ddefnyddio i brynu nwyddau wedi'u smyglo, sdim dwywaith am hynny. Ond sut mae o'n dwyn y pres, reit dan drwyn Prysor y Trysor, cyfrifydd Ffatri Rhyd Ddu ers blynyddoedd, dyn uchel ei barch, sydd ag enw da am fod yn hollol onest wrth drin arian y ffatri? Does bosib bod Prysor y Trysor ym mhoced Amos? Yn rhan o'r twyll? Nag oes?

Dwi'n sibrwd 'Be wna i? Be wna i?' drosodd a throsodd i gyfeiliant sŵn yr afon yn rhuthro dros y creigiau a rhythm y rhaeadrau bach yn sblasio, yn y gobaith y daw syniad i 'mhen i.

Ac yn ara bach, fel edau'n plethu, mae cynllun yn ffurfio. Heno amdani.

24

Unwaith eto, heno, dwi'n cuddio. Dyma'r drydedd noson yn olynol i mi stelcian o gwmpas yr ardal yn y tywyllwch – yn yr ogof nos Wener; ac wrth fariau'r carchar, giatiau Gwag y Nos, a harbwr Pwllheli neithiwr, nos Sadwrn.

Tua saith o'r gloch nos Sul ydy hi erbyn hyn, a dwi yn y ffatri wlân, ger y swyddfa, yn cuddio mewn basged fawr sy'n llawn dop o wlân. Bob nos Sul, tua'r adeg yma, bydd Prysor y Trysor ac Amos yn setlo cyfrifon yr wythnos yn barod i fynd â'r arian i'r banc ben bore Llun. A heno, dwi yma hefyd yn barod i ysbïo arnyn nhw.

Ro'n i'n benderfynol o gael lle da i guddio, felly ar ôl swper cynnar, gadewais i Nain yn saff yn ei gwely, gorchymyn Crawc i aros ger y bwthyn a dod draw yma i'r ffatri.

Doedd gen i ddim syniad pa mor anodd y byddai i dorri i mewn. Am ryw reswm roeddwn i'n meddwl y byddai'n hawdd – ffeindio drws bach yn rhywle roedd rhywun wedi anghofio'i gloi, neu agor trap-dôr lle mae'r gwlân yn cael ei rowlio i mewn i'r ffatri. Ond na, doedd dim dewis, roedd rhaid i mi gymryd y ffordd fwya peryglus – dringo i fyny'r olwyn ddŵr a mynd drwy'r twll yn y wal lle mae peiriant yr olwyn yn mynd i mewn i'r adeilad. Roeddwn i'n gwybod y byddai'n anodd, ond wnes i ddim stopio i feddwl pa mor beryglus oedd dringo'r olwyn ddŵr. A rŵan wrth edrych yn ôl dwi'n cael pwl o banig.

Dros nos, mae'n rhaid cau'r ffatri i lawr a stopio'r peiriannau i gyd. A'r unig ffordd i wneud hynny ydy atal yr olwyn ddŵr rhag troi. Felly, bob noson ar ôl y shifft olaf, bydd Gruffudd y peiriannwr yn arafu'r olwyn ddŵr nes ei bod hi'n dod i stop, ac yna'n gosod brêc arni. Wedyn, mae o'n gosod y llifddor yn y nant er mwyn gorfodi'r dŵr i lifo i gyfeiriad arall. Achos os nad oes dŵr yn llifo drwy'r olwyn, fydd hi ddim yn troi, ac mae hi'n ddigon llonydd i rywun twp fel fi feddwl dringo i fyny a thorri i mewn i'r ffatri.

Mae jest cofio dringo i fyny'r olwyn yn cyflymu 'nghalon i – y pren llithrig, y mwsog gwlyb, y padlau cryf. Un cam gwag a byswn i wedi syrthio i'r afon, neu cael fy ngwasgu rhwng yr olwyn a'r cerrig. Syniad twp. Wela i'r ôl-fflachiau o'r 'be os' yn fflachio o flaen fy llygaid, y delweddau o beirianwaith anferthol a pheryglus yn popio i 'mhen i ac yn achosi i mi grynu. Anghofia fo, Pegi. Anghofia fo.

Ta waeth, ddois i mewn i'r ffatri mewn un darn a mynd i lawr at y swyddfa. Wedyn rowliais un o'r basgedi mawr at y ffenest fewnol sy jest y tu allan i'r stafell, a dringo i mewn iddi i guddio. Mae'n lle da achos galla i sbecian i mewn i'r swyddfa drwy'r ffenest wydr a gweld bob dim sy'n mynd ymlaen.

Felly rŵan dwi'n swatio yn y fasged, yn aros i Prysor ac Amos ddod i mewn i'r swyddfa i gyfri'r arian a nodi'r cyfrifon yn y llyfrau swyddogol cyn cadw'r pres dan glo yn y sêff.

Mae ogla'r gwlân yn gwneud i mi deimlo'n chwil. Fel pawb arall sy'n gweithio yma, dwi wedi arfer efo'r arogl cnu defaid, yn ei gael yn eitha cysurus. Ond yn fan'ma, yng nghanol llond basged o'r stwff, mae'r drewdod mor gryf mae'n ddigon i godi cyfog. Dwi'n arogli dim byd ond defaid. Pinsio fy nhrwyn. Anadlu trwy 'ngheg. Mae fel anadlu cawl cig oen. Ych! Blas afiach yn codi i gefn fy nghorn gwddw. Bydd o'n werth hyn i gyd er mwyn cael Ifan o'r carchar. Dwi'n benderfynol o weld be sy'n digwydd yn y swyddfa pan mae Amos a Prysor y Trysor yn cyfri arian yr wythnos.

Dydw i erioed wedi gwneud dim byd drwg fel hyn. Dwi'n llwfr, yn rhy swil i godi 'mhen i fyny a herio, yn plesio pawb er mwyn cael llonydd, er mwyn cael ymdoddi i'r cefndir a pheidio tynnu sylw ata i fy hun. Dwi wedi bod yn ddi-asgwrn-cefn, yn wlanennaidd – gair da o feddwl 'mod i'n boddi yn y stwff yn fan'ma! Wel, ella y bu hynny'n gamgymeriad dros y blynyddoedd. Ac ella dyma'r amser i edrych i fyny, syllu'n syth i mewn i lygaid pobol ddrwg a'u dal nhw i gyfrif.

Rŵan, er mwyn helpu Ifor, dwi – Pegi Pwll Bach – am newid. O hyn ymlaen, Pegi ddewr fydda i. Pegi eofn. Pegi'r arwres ...

25

'Ti'n hwyr, Prysor. Unwaith eto.'

Llais Amos ydy hwnna, llais dyn blin. Hawdd gweld pwy ydy'r bòs o'r ddau yma. Glywa i sŵn sgidiau trwm Amos a rhai ysgafn Prysor ar y llawr carreg wrth iddyn nhw gerdded heibio'r fasged lle dwi'n cuddio, i mewn i'r swyddfa a chau'r drws yn glep.

Yn syth bìn, mae lwmpyn wedi neidio i 'ngwddw a chwys yn pigo dros fy nghroen. Doedd hi ddim mor hawdd â hynny i fod yn Pegi ddewr, wedi'r cyfan. Heb sôn am Pegi'r arwres. Llwfr ydw i a llwfr fydda i. Siomedig. Dwi'n gwthio caead y fasged i fyny efo fy mhen a'i godi jest digon i mi weld drwy'r crac bach. Galla i weld popeth o fan hyn.

Yn sefyll ger y bwrdd sgwâr yng nghornel bella'r swyddfa mae Amos, tra bod Prysor yn estyn llyfr cyfrifon mawr o'r silff a'i roi ar y ddesg mewn cwmwl o lwch. Wedyn, mae'r trysorydd yn troi at y sêff sy ar y llawr o dan y ddesg, estyn goriad o boced ei wasgod ac agor y drws gwichlyd. Yn y sêff mae dau beth: cwdyn llawn arian a bocs mawr metel. Mae Prysor yn rhoi'r cwdyn arian i Amos ac yn rhoi'r bocs metel ar ei ddesg, yn estyn goriad bach arall ac yn agor y bocs. Ar ôl eistedd wrth y ddesg ac agor y llyfr cyfrifon trwchus, mae'r trysorydd yn gafael mewn cwilsen, ei llenwi ag inc du o'r potyn ac yn aros i ddechrau cofnodi'r arian mae'r ffatri wedi'i dderbyn dros yr wythnos.

'Iawn Amos, rwy'n barod,' meddai Prysor mewn llais awdurdodol, fel petai'r ddefod arbennig yma'n rhyw fath o sioe bwysig, neu ella dyma'r unig ffordd gall Prysor ddangos ei awdurdod. Gwelaf Amos yn agor y cwdyn sy'n ei ddwylo. Mae'n tywallt yr holl arian ar y bwrdd-cyfri-arian yn y gornel, ac yn dechrau arni. Mae'n cyfri pob ceiniog, swllt, hanner coron, coron a sofren yn bwyllog a'u gosod mewn pentyrrau uchel.

'Pedair ffardding yn geiniog. Deuddeg ceiniog yn gwneud swllt. Pump swllt yn hanner coron. Dau hanner coron yn goron. Dwy goron yn bunt. Tair sofren. Dwy hanner-sofren …' Ymlaen ac ymlaen, gydag Amos yn cyfri pob darn efo clinc bach. A chwilsen Prysor yn sgriffio'r ffigyrau ar y papur trwchus.

Dydy hi ddim yn edrych fel petai unrhyw beth o'i le fan hyn. Mae Amos yn cyfri ac yn rhoi'r pentyrrau ar y bwrdd, a Prysor yn sgwennu'r symiau yn y llyfr. Galla i weld y ddau ohonyn nhw'n hollol glir.

Maen nhw bron â gorffen pan dwi'n craffu eto ar Amos yn trin yr arian, ac yn araf dwi'n sylweddoli be mae o'n ei wneud. Mae o'n cyfri, ydy, mae darnau pres yn clincio ar y pentwr, ydyn, ond mae'r diawl cyfrwys yn twyllo. Am bob un darn o arian mae o'n ei gyfri yn uchel a'i ddodi ar y pentwr, mae un arall yn diflannu'n ddistaw bach i'w boced. Prin fy mod i'n gweld yr arian yn diflannu, mae fel tric consuriwr.

Felly mae'r ffigyrau sy'n cael eu hadrodd wrth Prysor yn llawer llai na'r gwir ffigyrau, achos mae hanner y pres wedi mynd i bocedi Amos. Nodi cyfanswm o naw punt, tri swllt a dwy a dimau o arian yn y cyfrifon wnaeth Prysor, ond mae tua dwbwl hynny go iawn, ac Amos wedi pocedi'r gweddill.

Erbyn hyn mae Prysor wedi rhoi'r arian yn y bocs a'i gloi, wedi gosod y bocs yn y sêff a chloi hwnnw a llithro'r goriadau yn ôl ym mhoced ei wasgod. Fel tasa dim byd o'i le.

Mae tric cuddio Amos yn gyfrwys tu hwnt, ond fe welais i'r hud yn y diwedd, felly pam nad ydy Prysor wedi sylwi? Pam nad ydy o wedi gweld bod y pentyrrau o arian sy wedi'u cyfri ar y diwedd yn llawer llai nag y dylen nhw fod, o ystyried faint o bres oedd yn y bag tew cyn dechrau'r cyfrifon? Be sy'n bod ar y dyn? Does bosib bod Prysor y Trysor yn lleidr hefyd? Ydy o'n gwybod yn iawn be mae Amos yn ei wneud ac yn ei anwybyddu am ei fod yn cael rhan o'r arian? Ai ofn y dyn mae o? Ydy Amos yn ei fygwth mewn rhyw ffordd? Blacmêl? Mae o angen arian i dalu am ofal Doctor Richards dros ei fab, Jac, dydy, ond be sy'n mynd ymlaen?

Am ychydig, roeddwn i mor brysur yn pendroni, sylwais i ddim fod y ddau wedi gadael y swyddfa a chloi'r drws, ac yn fuan clywais sŵn y goriad mawr yn y brif fynedfa yn cloi hefyd. Damia! Dwi'n sownd.

Dyma agor top y fasged ac wrth i mi ddechrau

dringo allan, mae breichiau cryf, mawr yn gafael yn dynn amdana i ac yn fy hyrddio ar y llawr caled.

'Wel, wel. Pegi Pwll Bach. Yn cuddio'n slei yn fan'na er mwyn ysbïo arna i.' Amos. Mae o'n gafael yn dynn yn fy mreichiau, fy halio i fyny a rŵan mae ei wyneb hyll o'n agos iawn ac mae'n dweud yn fygythiol, 'Welaist ti ddim byd, naddo, doedd dim byd o'i le, nag oedd? Bob dim wedi'i gofnodi'n hollol onest, a'r arian i gyd yn y sêff.'

Rhaid penderfynu – ydw i am gadw'n dawel, cogio 'mod i heb weld dim? Neu ydw i'n cyhuddo Amos o ddwyn? Mi wn i'n syth be fysa Pegi ddewr yn ei wneud ...

'Do, welais i'r cwbwl. Welais i chi'n dwyn. Yn deud y symiau anghywir wrth Prysor a rhoi'r arian yn eich poced. Chi ydy'r lleidr, ddim Ifor fy mrawd.' Da iawn, Pegi – ti'n ddewr, yn eofn.

'Tyrd yma'r gnawes fach.' Mae Amos yn estyn darn hir o wlân trwchus o'r fasged ac yn clymu fy ngarddyrnau cyn fy halio drwy'r ffatri dywyll.

'Awww! Mae hwnna'n brifo.' Dyna Pegi ddewr wedi diflannu mewn amrantiad.

'Mae o i fod i frifo.'

O fewn munudau, mae Amos wedi fy nhynnu at stordy bach, agor y drws a 'nhaflu i mewn. Dwi'n glanio ar bentwr o sachau gwlân ac mae arogl afiach

yn fy nharo fel gordd. Y cwt sgwrio ydy hwn – lle mae'r gwlân yn cael ei sgwrio mewn pi-pi er mwyn ei wynnu. Mae dwy gasgen yn llawn hylif sgwrio – hanner dŵr a hanner piso. Os fedran nhw ddyfeisio trenau cyflym a pheiriannau stêm cymhleth, siawns all rhywun greu hylif sy'n gwynnu gwlân heb orfod casglu piso drewllyd. Ych a fi. Dwi bron â chwydu, mae 'mol i'n corddi, mae 'mhen i'n troi yn y drewdod afiach a'r düwch yn cau i mewn amdana i.

26

Ganol nos. Tylluan wen yn hwtian. Ers faint ydw i wedi bod yn cysgu? Rhaid i mi ddianc o'r gell afiach yma. A'r peth cynta i'w wneud ydy datod y gwlân sy'n clymu fy ngarddyrnau. Dwi'n llacio'r edau gymaint ag y galla i, a defnyddio cornel siarp carreg yn y wal er mwyn gorffen y job. Does dim padloc ar y drws i fy nghloi i yn y cwt sgwrio, ond mae bar y tu allan i'r drws ac mae Amos wedi bolltio hwnnw. Dyma roi fy llaw drwy'r ffenest fach yn y drws, ac yn estyn i lawr at y bar sy'n llithro'n agored yn reit hawdd. Rhyddid.

Yn gyflym, dwi'n cerdded drwy'r ffatri tuag at y drws mawr er mwyn dianc o'r adeilad. Ond mae wedi'i gloi'n sownd efo dau badloc o'r tu allan. Amhosib ei agor. Tybed allwn i ddianc yr un ffordd â ddes i mewn – dringo allan drwy'r twll peiriant ac i lawr yr olwyn ddŵr? Sgen i ddim dewis. I fyny â fi tuag at stafell yr injan sy'n gyrru holl beiriannau'r ffatri a thrio'r drws. Daria! Mae hwnnw wedi'i gloi hefyd. Roedd Amos wedi gwneud job drylwyr cyn gadael – mae'r lle fel carchar.

Am hir, eisteddaf ar y llawr pren, fy nghefn yn erbyn drws trwm stafell y peiriant, yn drymio fy mysedd ar y llawr mewn rhythm sy'n gwneud synnwyr i neb ond fi. Ac yna, i gyfeiliant y drymio, daw syniad. Dwi am orffen carthen arbennig Meistres Ellen cyn i Anni ddod i'r ffatri i'w mofyn hi amser cinio fory. Ga i sgwrs iawn efo Anni adeg hynny a chyfle i ddweud wrthi be welais i yn y swyddfa – bod Amos yn dwyn yr arian. Dyna'r dystiolaeth sy angen i brofi mai fo ydy'r lleidr.

Ia, syniad da. Amdani!

Ychydig iawn o olau'r lloer sy'n dod drwy'r ffenestri uchel ond dydy hynny'n poeni dim arna i. Dwi'n gwybod fy ffordd o gwmpas yn iawn, wedi bod yn cyfri camau o un lle i llall ers i mi ddechrau gweithio yma. O ddrws y stafell beiriant mae pedwar cam at y grisiau, deuddeg stepen i lawr, tri cham i'r dde, troi i'r dde, ac mae dau ddeg dau cam yn mynd â fi'n syth at beiriant gwehyddu Dafydd Ifan. Dyma fy noddfa yn y ffatri, fan'ma bydda i'n teimlo fwya cartrefol a diogel. Dwi'n goleuo'r gannwyll mae o'n ei chuddio dan ei stôl, ac yn estyn y garthen, edau, nodwydd, gwniadur a siswrn. Barod.

Carthen fach ydy hi, jest digon o faint i gadw Meistres Ellen yn gynnes tra ei bod hi'n eistedd yn ei chadair olwyn. Fues i'n brysur yn gweithio arni ddoe, heb i Dafydd Ifan sylwi, felly mae'r brethyn wedi'i wehyddu'n barod, yn y lliwiau anarferol o wyrdd golau, hufen a du, a'r adar bach siriol yn addurno'r cyfan. Ond rŵan, ga i ddigon o amser i frodio ychydig mwy o adar, ac yna'i gorffen hi'n daclus efo pwythi blanced ar bob ochor i nadu'r gwlân rhag raflo.

Wrth wnïo a brodio, dwi'n ymgolli'n llwyr. Yn

meddwl am ddim byd arall heblaw am y garthen – y patrwm, teimlad y gwlân meddal rhwng fy mysedd, gwres y flanced braf dros fy ngliniau. Ond rŵan mae'r garthen bron â'i chwblhau, dwi'n dechrau meddwl am y sefyllfa ac mae fy holl bryderon yn llifo'n ôl.

Ac mae llwyth o bethau i bryderu amdanyn nhw. Sut mae dianc o fan'ma ac achub Ifor fy mrawd? Sut mae dal Amos? Fydd neb yn fy nghredu i yn erbyn gair y fforman. Picil go iawn. Ac os nad ydw i'n achub Ifor, cael ei anfon i ynys Van Diemen wnaiff o, a Duw a ŵyr sut le ydy fan'no. O adael fi a Nain ar ein pennau ein hunain, heb gyflog digon da i'n cynnal, Wyrcws Gwag y Nos fydd ein cartre ni …

Stopia boeni, Pegi, stopia. Dwi'n cau fy llygaid yn dynn, yn eu sgriwio nhw mor galed fel eu bod nhw'n brifo, yn y gobaith wna i stopio meddwl. Stopio poeni.

Anadlu mewn. Anadlu allan. Mewn. Allan. Arafu curiad y galon a llonyddu'r cryndod yn fy mysedd. Dydy pethau ddim mor ddu â hynny – fedra i egluro popeth wrth Anni, wedyn fe ddaw Syr Hugh yma i arestio Amos a bydd Ifor yn cael ei ryddhau. Hawdd!

Ond wedi meddwl, beth os nad ydw i'n cael siarad efo Anni pan ddaw hi, a ddim yn cael cyfle i ddweud wrthi bod Amos yn dwyn? Sut allwn i fod mor wirion? Wrth gwrs chaf i byth siarad efo hi. Wnaiff Amos ddim gadael i ni'n dwy gael sgwrs, siŵr iawn, achos mae o'n gwybod yn union be fyswn i'n ei ddweud wrthi hi – dydy'r dyn ddim yn dwp.

Rhaid ffeindio ffordd arall i gael neges at Anni rywsut. Ond sut …?

27

Dwi'n llyfu pen yr edau – ych, wna i byth arfer efo'r blas ogla dafad – i mewn â'r edau i dwll y nodwydd leiaf alla i ffeindio. Tair gwaith dwi'n trio, ac o'r diwedd mae'n mynd drwodd a dyma ddechrau arni. Gan ddewis cornel y garthen, rhwng y lliwiau gwyrdd a hufen, dwi'n dechrau gwnïo pwythau bychan-bach mewn edau gwyrdd golau ar y cefndir lliw hufen. Yn bwyllog, dwi'n brodio llythrennau taclus, un ar ôl y llall, yn y gobaith y bydd Anni'n sylwi ar y pwythau, yn gweld y geiriau ac yn gallu darllen y neges gyfrinachol.

A' i ddim i boeni rŵan am y ffaith fod Anni'n ddall mewn un llygad ac ella'n methu gweld yn iawn, na bod y pwythau'n rhy fach iddi hi allu eu darllen. A bod yn onest, wn i ddim ydy hi'n gallu darllen yn ddigon da. Jest gobeithio bod Meistres Ellen wedi talu am ddigon o wersi darllen ac ysgrifennu iddi hi.

Wel, sgen i ddim dewis. Cha i ddim cyfle i siarad ag Anni ac egluro wrthi am Amos y lleidr, felly rhaid cael neges ati hi ryw ffordd arall, a dyma'r unig syniad sy gen i. Dwi'n gorfodi fy hun i gario 'mlaen yng ngolau'r wawr nes fy mod wedi brodio'r neges yn iawn.

Wedi gorffen o'r diwedd. Reit, dyma ni. Dwi'n cau fy llygaid yn dynn a'u sgriwio nhw ynghau nes 'mod i'n gweld sêr. Gan ddweud wrtha i fy hun 'mod i'n gweld y garthen am y tro cynta, dwi'n ei chodi hi i fyny at y ffenest, agor fy llygaid a syllu. Wrth graffu ar y flanced am hir, mi wela i'r neges wedi'i brodio ar yr hem. Ddim rhy fach a dim rhy fawr, ond y maint perffaith.

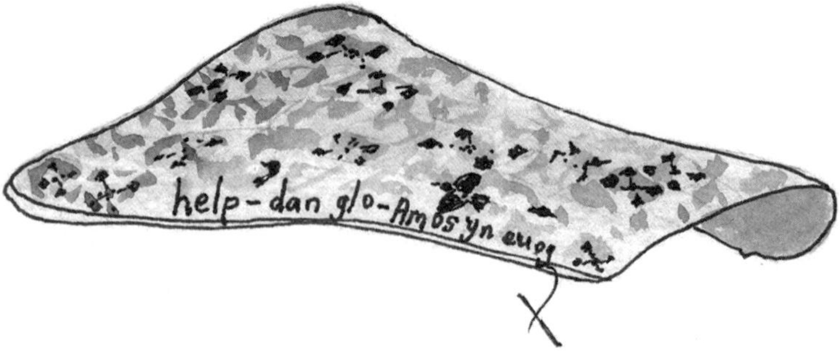

help – dan glo – Amos yn euog

Fydd Anni yn siŵr o sylwi ar y geiriau. Wel, os ydy hi'n gallu gweld yn ddigon da. Ac os ydy hi'n gallu darllen. Ac os ydy hi'n astudio'r garthen yn ddigon manwl. Sdim amser i boeni gormod, diolch byth, achos mae sŵn gweithwyr shifft y bore yn sgwrsio tu allan a goriad mawr Amos Wilias yn troi yn y cloeon cryf. A dyma fi'n sleifio o wŷdd Dafydd Ifan yn ôl i'r cwt sgwrio, cau'r bar o'r tu fewn a chlymu'r edau gwlân yn ôl rywsut-rywsut am fy ngarddyrnau. Wnes i ddim sylwi ar yr ogla tro yma, ro'n i'n rhy nerfus.

'Iawn, pawb at eu gwaith,' meddai Amos, yn flin fel arth sy heb gysgu'n iawn.

Ar ôl gadael pawb i mewn i'r ffatri, dyma fo'n yn anelu'n syth at y stafell sgwrio, agor y drws a fy hel i weithio – efo rhybudd:

'Gei di fynd i ystofi. Ond paid â meiddio sôn wrth neb am neithiwr, neu dy frawd fydd yn diodde.'

'Wna i ddim deud wrth neb.' Dydy hynny ddim yn gelwydd noeth achos darllen y neges fydd Anni. Dwi'n gorfodi fy hun i edrych i fyw ei lygaid, rhag ofn iddo fo amau 'mod i'n dweud anwiredd. Mae'n artaith syllu i lygaid milain y dyn creulon.

'M-hm!' Mae'n troi ar ei sawdl a dechrau prowlan o gwmpas y ffatri i oruchwylio'n gwaith ni a cherdded yn bwyllog ar hyd y rhes o beiriannau i gwyno. 'Dydy'r edau ddim digon tyn', 'Mae'r patrwm yn flêr fan hyn' a 'Paid â gwastraffu edau drud – ti fydd yn talu am hwnna.'

Ar ôl beirniadu pawb yn ei dro – does dim byd yn ddigon da i Amos – mae o'n camu i flaen y stafell ac yn dweud yn uchel, 'Bydd Syr Hugh a'i "forwyn fach" yma o fewn yr awr. Jest gobeithio bod carthen Pegi Pwll Bach yn ddigon da iddyn nhw, yndê ...'

Pam ei fod o'n dweud hynny o flaen pawb yn y ffatri? Ond dwi'n dallt yn ddigon buan wrth iddo gario 'mlaen, '... carthen sy wedi cael ei gwehyddu gan chwaer i leidr – Ifor. Mae Anni Baako yn nabod digon o ladron drwg dociau Lerpwl – efo'i hanes hi.' Mae Amos yn poeri enw Anni allan. Fysa fo byth yn siarad fel'na o flaen Syr Hugh.

Mae'r dyn yn casáu Anni am ei bod yn ddu, yn casáu Nain am ei bod yn ffwndro, ac yn casáu Ifor am ei fod yn barod i herio, i ymladd dros hawliau ei gyd-weithwyr. Pam mae 'na gymaint o bobol fel Amos yn y byd, yn llawn casineb, a phŵer wedi mynd i'w pennau? Jest mymryn o sylw gan y byddigions sy angen ac maen nhw'n meddwl eu bod nhw'n well na'r gweddill ohonan ni. Ac yn fodlon sathru ar eu tylwyth eu hunain er mwyn dringo i ben y domen.

Dwi ar bigau'r drain eisiau i Anni gyrraedd er mwyn iddi gael y garthen, mynd â hi adre i Blas Bodfel a gweld fy neges gyfrinachol yn gofyn am help.

28

Dod i'r ffatri ar ei phen ei hun mae Anni y tro yma. Heb Syr Hugh, does dim angen i Amos ffalsio. Prin mae o'n cymryd sylw ohoni. Mae o'n fy ngalw draw ac yn cythru'r garthen dlws o 'nwylo garw i, ei stwffio hi at Anni rywsut-rywsut ac yn fy anfon yn ôl at y gwŷdd. Mae Anni osgeiddig yn agor y garthen i'w maint llawn ac yn ei dal i fyny er mwyn iddi gael ei gweld yn iawn. Galla i weld o'i hwyneb yn syth ei bod hi wrth ei bodd. Mae hi'n byseddu'r garthen feddal am hir, ei chodi at ei boch a theimlo'r gwlân cysurus.

'Perffeth,' meddai, yn gwenu fel giât, ei dannedd cerrig beddi'n sgleinio. 'Hollol berffeth. Diolch yn fawr i ti, Pegi.'

Dydy edrych yn ôl i lygaid Anni ddim yn gwneud i mi deimlo'n annifyr, jest yn gwneud fy mol yn gynnes braf. Dwi'n teimlo ein bod ni'n ffrindiau go iawn.

'Edrychwch, bawb. Dyma i chi garthen fendigedig.' Mae Anni'n dangos y garthen i bawb yn y ffatri. O na! Paid â'i dal hi fyny fel'na, fydd rhywun yn siŵr o sylwi ar y llythrennau bach yn y gornel a darllen y neges bwysig sy ddim ond ar dy gyfer di, Anni.

'Miss Anni, beth ydy'r pwythau bach yna?' Daria, mae Nanw wedi sylwi ar rywbeth anarferol – bydda i mewn trwbwl go iawn rŵan.

'Dyna ddigon o siarad! Cerwch yn ôl at eich gwaith, y munud 'ma.'

Pwy fysa'n meddwl y byswn i'n falch o glywed Amos yn arthio! Ac ar unwaith, mae Anni yn plygu'r garthen yn ofalus, ei gosod yn ei basged, troi ar ei sawdl a cherdded allan heb ddweud ffarwél wrth neb.

'Gwynt teg ar ei hôl hi,' sibryda Amos dan ei wynt ogla cwrw.

Am yr holl amser, dwi wedi bod yn poeni a fydd Anni'n gweld y neges gyfrinachol. Dim ond rŵan dwi'n ystyried rhywbeth gwaeth – os ydy hi'n gweld y neges, beth wnaiff hi wedyn? Fydd hi'n sôn wrth Syr Hugh 'mod i'n gwastraffu amser yn y ffatri? Neu'n cwyno wrth Meistres Ellen bod ei charthen wedi cael ei difetha? Beth os ga i'r sac?

Pegi, Pegi, callia, wnei di? Ti'n mynd o ddrwg i

waeth. Stopia boeni. Mae un peth dwi'n hollol siŵr ohono – fysa Anni byth, byth yn mynd at Amos Wilias i gwyno. Reit o'r dechrau mae hi wedi gweld trwy ei gelwydd, yn gwybod ei fod yn hollol ffals. O'r hyn ddywedodd hi ddoe, mae hi wedi dod ar draws mwy na digon o bobol fel'na. A beth bynnag, rydan ni'n dwy'n ffrindiau, dydan? Neu ydan ni?

Dwi'n gorfodi fy hun i ganolbwyntio ar y gwaith, gan stwffio 'mysedd i mewn i'r peiriant i gasglu fflwff wrth i Dafydd Ifan wthio'r wennol o un ochor i llall.

Mae Morus Huw yn canu'r gloch yng nghornel y ffatri. Diwedd y shifft. Yn barod? Na, all y shifft ddim bod drosodd eto – dydy Anni heb ddod yn ôl i

fy achub o'r cwt sgwrio eto, ar ôl iddi weld fy neges wedi'i gwnïo i batrwm y garthen.

'Tyrd efo fi, Pegi.' Mae Amos yn galw arna i, ac erbyn i'r gweithiwr olaf adael y ffatri, dwi wedi cael fy ngwthio'n ôl i mewn i'r cwt sgwrio, fy nwylo wedi'u rhwymo, fy mhen yn troi ac ogla piso yn fy ffroenau. Afiach.

'Byddi di dan glo nes i'r achos llys orffen pnawn fory. Erbyn i mi dy adael di allan o'r twll drewllyd yma, bydd dy frawd hanner ffordd ar draws y byd ar ei daith i ynys Van Diemen.'

29

Mae hi mor dywyll yn y cwt sgwrio ffiaidd yma. Dwi yn y gell ers oriau ac yn llwgu gymaint mae hi fel petai fy mol i wedi troi tu chwith allan. Wel, mae'n amlwg bod Anni heb sylwi ar y neges wnes i frodio i batrwm y garthen, waeth i mi dderbyn y peth.

Unwaith eto heno dwi'n llwyddo i ddatod yr edau trwchus mae Amos wedi'i glymu am fy ngarddyrnau, agor y drws bach a dwi allan yn y ffatri, yn anelu am wŷdd Dafydd Ifan i chwilio am un o'i afalau Enlli neu grystyn sych sy wedi syrthio ar y llawr.

Crawc!

Clywaf y frân ffyddlon yn crawcian o'r tywyllwch y tu allan. Fy angel du, sy'n gallu gwneud dim i helpu y tro yma.

Crawc! Pegi!

'Ydw, Crawc, dwi'n sownd i mewn yn fan'ma eto heno.'

Crawc!

'Biti wnes i ddim dy ddysgu di i agor drysau efo cloeon yndê, rhag ofn y byswn i dan glo yn y ffatri rhywbryd!'

Crawc! Crawc!

Ond mae rhywbeth wedi'i chyffroi hi ac erbyn hyn dwi'n ei chlywed hi'n fflapian a chrafu ar wydr y ffenest. Be sy'n bod arni? Mae'r ffenestri yn fan'ma mor uchel, alla i ddim edrych drwyddyn nhw i weld be sy'n mynd ymlaen. Ond yn ara bach, clywaf sŵn arall – sŵn crafu gwahanol yn dod o ddrws mawr y ffatri. Llygoden fawr? Cath? Na, yn nhwll y clo mae'r sŵn. Amos. Wedi dod yn ôl i haslo. Dwi'n estyn am rywbeth, unrhyw beth i amddiffyn fy hun, ac yn sefyll yn stond, pastwn mewn un llaw a stôl deircoes yn y llall, yn barod i wrthsefyll Amos pan ddaw o i mewn. Dwi'n barod amdano fo. Bydda'n ddewr, Pegi. Mae'r glicied drwm yn codi, y drws yn crafu'r llawr wrth agor. Dyma fo ...

'Anni?' Yn sefyll yn y drws mae Anni, yn dal llusern yn uchel uwch ei phen. Wrth i mi syllu arni, efo 'ngheg yn agored, mae Crawc yn bomio hedfan i mewn i'r ffatri, yn glanio ar fasged wlân wrth fy ochor a chrawcian yn swnllyd yn fy nghlust. O fewn dim mae'r ddwy ohonon ni'n rowlio chwerthin a Crawc yn crawcian yn wyllt. Dyma'r peth mwya doniol sy wedi digwydd ers dyddiau. Rhyddhad go iawn.

'Sut agoraist ti'r drws?' holaf ar ôl i ni gallio o'r diwedd, ac mae Anni'n chwifio pin gwallt hir o flaen fy llygaid. 'Efo hwnna?'

'Ie, wel, fi 'di cael digon o bractis yn agor cloeon yn Lerpwl, yn do fe? Falch fod yr hen dalent dal gyda fi!'

Dwi'n llawn edmygedd. Mae Anni'n hogan glyfar, wedi gorfod meddwl yn chwim a dysgu sut i lwyddo byw ar strydoedd y ddinas beryglus. Wrth gwrs welodd hi'r neges – mae Anni'n sylwi ar bopeth. Sut allwn i fod wedi amau Anni Baako? Arwres.

Heb oedi rhagor, dwi'n egluro wrth Anni beth welais i yn y swyddfa, a bod Amos yn pocedu hanner yr arian tra ei fod o a Prysor yn gwneud y cyfrifon.

'Ti'n credu bod Prysor yn rhan o'r cynllwyn?'

Na, dwi'n ysgwyd fy mhen.

'Ond pam nag o'dd e wedi sylwi bod Amos yn twyllo?'

'Dim syniad. Wnes i ddim sylwi'n syth, cofia, roedd o fel hud. Fel tasa Amos yn gonsuriwr. Neu'n ddewin.'

'Ma rhywbeth yn od fan hyn, on'd oes e?'

'Mm. Bendant. Ond beth?' Rydan ni'n dwy'n pendroni am ychydig. Ac yn sydyn dyma syniad yn fy nharo. 'Ty'd efo fi, Anni.' A dwi'n cerdded drwy'r ffatri ac at y swyddfa ym mhen pella'r adeilad.

Dwi'n trio agor y drws. 'Daria, mae wedi'i gloi.'

'Smo hynna'n broblem,' meddai Anni ar unwaith. 'Dal hwn wrth y clo,' ac mae'n estyn y llusern ata i. Allan â'r pin o'i gwallt weiars, i lawr â hi ar ei chwrcwd, llygad wrth y clo, pin i mewn a'i droi'n ofalus.

Clic.

Prin eiliadau mae'n cymryd, mae fel gwylio *maestro* wrth ei gwaith.

'Da-ra!' Agor y bwlyn bràs ac i mewn â ni drwy'r drws. 'Beth y'n ni'n chwilio amdano, Pegi?'

'Mmm, dwn i'm, ond dwi am ddechrau efo rhain.' Dwi'n gosod y llusern ar fwrdd bach, camu at y silffoedd, estyn llyfrau cyfrifon Prysor a'u pentyrru ar y ddesg. Yn y cyfamser, mae Anni ar ei chwrcwd o flaen y sêff ac yn ffidlan efo'r drws.

'Sêff Milner yw hon, un o'r cryfaf yn y byd. Ro i gynnig arni ond sdim gobaith 'da fi i bigo'r clo hyn.'

'Sdim pwynt, Anni. Mae arian neithiwr i gyd wedi'i dalu i mewn i'r banc ers bore 'ma. Dyna fydd Prysor yn ei wneud bob bore Llun – mynd i'r banc ym Mhwllheli, pres mewn cwdyn yn ei gês lledr, a ffon gerdded yn ei law rhag ofn i rywun ymosod arno!'

Am gyfnod maith, mae Anni a finnau'n pori dros y rhifau sy'n llenwi'r rhesi hir a'r colofnau cul yn y cyfrolau mawr. Does dim byd i'w weld yn od.

Yna, yn sydyn, mae rhywbeth yn clicio, y geiniog yn disgyn i'w lle, fel petai. O'r diwedd, dwi'n sylweddoli be sy'n bod.

'Edrycha, Anni, edrycha ar y sgrifen yn fan'ma. Yli blêr ydy o.'

Dyma fi'n rhoi fy mys ar y papur ac yn dilyn y rhes o rifau'n bwyllog o dop y dudalen yr holl ffordd i lawr y colofnau. Mae'r rhifau'n mynd yn fwy ac yn fwy blêr, ac wrth droi tudalen ar ôl tudalen fe welwn ni'n dwy bod y rhifau'n gwaethygu: yr inc yn fwy blotiog a'r llinellau'n fwy cam o wythnos i wythnos.

'Mae o'n mynd yn waeth ac yn waeth.'

Mae Anni'n edrych arna i a nodio. 'Ydy.'

'Methu gweld mae Prysor! Dyna be sy, siŵr iawn. Dydy o ddim yn gweld yn iawn – mae hynny'n esbonio pam mae ei sgrifen yn gwaethygu o fis i fis. Ac erbyn cyfrifon mis yma, prin alla i ddarllen y rhifau. Mae Prysor angen sbectol ...'

'Wrth gwrs,' cytuna Anni'n frwdfrydig. 'Dyna pam wnaeth e ddim nabod ni'n dwy ar y llwybr bore ddoe, doedd e ddim yn gallu'n gweld ni'n iawn.'

'A dyna pam wnaeth o ddim sylwi bod Amos yn dwyn tra oedd y ddau'n cyfri'r pres yn y swyddfa. Mae hynna'n egluro popeth,' medda fi'n obeithiol.

'Ti'n *llygad* dy le, Pegi!' Ac rydan ni'n dwy'n gwenu ar y jôc.

'Wrth gwrs, fedar o ddim fforddio sbectol, ddim efo wyth o blant, heb sôn am salwch Jac a biliau drud Doctor Richards. Felly mae o'n cario 'mlaen yn y gobaith fod neb yn sylwi, achos gollith o'i waith os ydy o'n methu gweld.'

Mae Anni'n nodio'n gefnogol wrth i mi ddodi'r llyfrau yn ôl yn y cwpwrdd.

'Ac wsti be? Dwi'n siŵr bod Amos yn gwybod hynny.' Mae popeth yn dod yn gliriach, fel petawn i wedi rhoi sbectol ar fy nhrwyn ar ôl methu gweld yn iawn ers dyddiau. 'Mae Amos wedi ffeindio allan rywsut bod Prysor yn methu gweld, a dyna sut mae o'n llwyddo i bocedu hanner yr arian.'

'Wrth gwrs, Pegi! Ond tybed yw Prysor yn rhan o'r cynllwyn? Bod Amos wedi blacmelio Prysor – yn bygwth dweud wrth Syr Hugh ei fod e'n colli'i olwg, oni bai ei fod e'n ffugio'r ffigurau? A nawr ma fe mewn yn rhy ddwfn?'

'Dwi'm yn meddwl, 'sti, Anni. Ydy, mae o'n llwfr o flaen Amos ond mae pawb yn nabod Prysor fel dyn strêt, gonest. Fysa fo ddim yn twyllo. Colli job neu beidio, bysa fo'n deud y gwir wrth Syr Hugh – bod Amos yn dwyn arian o'r ffatri.'

Mae Anni'n nodio'n bwyllog wrth i mi astudio'r rhifau'n gyflym eto.

'A beth bynnag, mae'r symiau 'ma i gyd yn gywir, y colofnau'n adio i fyny'n iawn.'

'Ti newydd gyfri'r holl rifau jest fel'na? Jiniys!' meddai Anni, gan syllu arna i am hir.

'Wel, mae'n amlwg beth ni angen neud, on'd yw hi?' meddai Anni ar ôl ychydig. Dwi'n nodio yn y gobaith y gwnaiff hi gario 'mlaen i ddweud be ydy'r ateb, achos sgen i ddim clem. 'Rhaid i ni fynd yn ôl at Syr Hugh 'da'r wybodaeth newydd 'ma. Bydd Syr Hugh yn dy gredu di nawr, dwi'n siŵr.'

Dwi'n pendroni am ennyd. Yn ôl at Syr Hugh? Ydy o am fy nghoelio i? Ydy hyn yn dystiolaeth ddigon cryf i'w berswadio? Rhaid i mi gadw'r ffydd – os brofwn ni fod Prysor y Trysor yn colli'i olwg, mae digon o dystiolaeth i ddal Amos am ladrata a rhyddhau Ifor.

Well i hynny fod yn wir, achos mae achos llys Ifor fory, a dyma'r cyfle diwetha i glirio ei enw ac achub ei fywyd.

'Pegi, ti'n edrych 'di blino'n shwps!' Shwps! Gair da. Mae lot o eiriau hwntw Anni yn ddiarth i mi, ond wn i'n iawn be mae hi'n feddwl. Ac ydw, mi ydw i wedi blino'n shwps ac yn ysu am gael mynd yn ôl i Bwll Bach at Nain a swatio'n gynnes efo hi yn y gwely wensgot.

Cyn gadael y ffatri – a chofio rhoi'r clo at y snic – mae Anni a finnau'n trefnu i gwrdd o flaen y llys bore fory er mwyn rhoi'r dystiolaeth newydd yma i Syr Hugh. I ffwrdd â hi adre i Blas Bodfel a finnau i Bwll Bach. Sgen i ddim syniad faint o'r nos sy ar ôl ond bydd rhaid i mi godi efo'r wawr, sleifio'n ôl i'r ffatri a chau fy hun i mewn yn y cwt sgwrio cyn i Amos gyrraedd am y shifft fore ar ddiwrnod achos llys Ifor.

30

Roedd bore 'ma yn gyfan gwbwl drychinebus.

Codais i'n gynnar ar ôl troi a throsi drwy'r nos. Ro'n i'n methu cysgu, yn poeni gymaint am achos llys Ifor heddiw ac yn poeni y byddwn i ddim yn cyrraedd yn ôl i'r cwt sgwrio cyn i Amos ddechrau ei shifft. Ar ben hynny i gyd, roedd Nain yn chwyrnu fel mochyn! Felly ro'n i wedi codi cyn pump er mwyn dechrau rwtîn y bore – nôl dŵr o'r afon, cynnau tân, a choginio uwd i Nain a fi.

Ond erbyn i mi ddod yn ôl o'r afon, roedd Nain y tu allan i'r bwthyn efo powlen uwd yn ei llaw. Crwydrai'r ardd fwdlyd yn droednoeth, yn gwisgo dim ond ei choban, ac roedd hi mor oer, roedd ei gwythiennau fel edau gwlân glas wedi'i wnïo ar ei chroen gwyn. Roedd yn amlwg wedi codi o'i gwely mewn panig a rhuthro allan i'r oerfel i chwilio amdana i.

‘Pegi? Lle ti ’di bod? Lle mae fy uwd i?’

‘Jest nôl dŵr o’n i, Nain, fel fydda i’n wneud bob bore. Sdim angen i chi boeni,’ medda fi, gan osod y fwced ar y llawr a dal ei llaw hi, y bysedd fel pibau rhew rhaeadr Rhyd Ddu ganol gaeaf. ‘Dowch, awn ni i mewn i’r bwthyn. Fydda i ddim chwinciad yn cynnau tân a gwneud yr uwd i frecwast.’

‘Dydw i ddim yn cofio dy weld di neithiwr,’ meddai Nain yn swta. Dydy hi byth yn swta fel arfer. Dechreuodd fy mol droi mewn pryder. Ydy hyn yn rhan o’r salwch? Troi’n berson blin a chas?

‘Sori, Nain, roedd rhaid i mi weithio shifft hwyr yn y ffatri,’ medda fi, yn ceisio swnio’n fywiog. ‘Roeddach chi’n cysgu’n sownd pan ddes i’n ôl. Ac yn chwyrnu!’

Doedd Nain ddim yn gwerthfawrogi’r jôc. ‘A lle mae Ifor? Ydy o dal yn ei wely?’ gwaeddodd yn flin ar fy ôl i, wrth i mi sleifio allan i’r ardd i nôl y fwced ddŵr ollyngais i mewn sioc gynnau, gan esgus ’mod i heb glywed.

Roedd gweld Nain yn crwydro'r ardd yn ei choban fel'na wedi codi ofna arna i. Doeddwn i erioed wedi'i gweld hi mor ffwndrus â hynna – yn droednoeth yn y mwd, a hithau'n sylwi dim. Dwi'n teimlo mor euog am y ffordd dwi wedi trin Nain wythnos yma. Twyllo. Dweud celwydd. Ei gadael yn y bwthyn am oriau lawer tra 'mod i'n ceisio helpu Ifor. Dydy Nain ddim yn ddigon da i gael ei gadael ar ei phen ei hun a hithau mor ffwndrus. Heb sôn am y ffaith ei bod hi'n mynd yn ddall. Un ar ôl y llall ro'n i'n poeni am yr holl bethau allai fynd o'i le tra 'mod i allan o'r tŷ: llosgi yn y tân, syrthio, crwydro …

Am unwaith, a dwi'm yn lecio dweud hyn, ond ro'n i'n falch ei bod hi yn ei byd bach ei hun yr wythnos hon, a heb sylwi ar be sy'n mynd ymlaen. Roedd hi'n credu fy nghelwydd i. Wnaeth hi ddim dallt 'mod i heb ddod yn ôl o gwbwl nos Sul pan ges i fy nghloi yn y cwt. Na bod Ifor heb fod adre ers dyddiau.

31

Dim ond llwyddo i sleifio'n ôl i mewn i'r cwt sgwrio a chau bar y drws ar fy ôl wnes i cyn i Amos gyrraedd y ffatri a gadael y gweithwyr i mewn. Clywais y peiriannau'n dechrau troi a chlacio'n swnllyd wrth i bawb brysuro wrth eu gwaith. Cerddodd Amos at y cwt sgwrio, agorodd y drws yn ryff, a'm hel i weithio ar y gwŷdd, gan fytheirio a bygwth yr holl ffordd. Caeais fy llygaid a 'nghlustiau a gwneud fy hun yn fach, fach yn fy ffrog er mwyn anwybyddu'r ysglyfaeth nes 'mod i'n ddiogel dan y peiriant yn ystofi a hel fflwff. Pasiodd Dafydd Ifan grystyn o fara sych i mi dan y peiriant efo winc fach a gwên addfwyn. Boi caredig. Rhy garedig – biti na fysa fo'n herio Amos ambell waith. Mae o'n gallu gweld yn iawn sut mae o'n fy nhrin i, ac yn gwneud dim. Mae pawb dan fawd y bòs fan hyn.

Roedd Amos fel gafr ar daranau, 'nôl a 'mlaen, yn gwawdio.

'Fydd Ifor yn ei chael hi heddiw, y lleidr slei. Fydd o yn y doc ac yn siŵr o'i gael yn euog. Yn enwedig ar ôl i mi roi tystiolaeth o flaen Syr Hugh, y barnwr.'

Cymerodd dipyn o ymdrech ond wnes i orfodi fy hun i edrych yn brysur a pheidio ymateb. O leia ddysgais i y byddai Amos allan o'r ffordd am ychydig amser er mwyn i mi gael cyfle i herio Prysor. A dyna fu. Tua deg o'r gloch, fe adawodd Amos am y llys, ac ar ôl dweud wrth Dafydd Ifan bod rhaid i mi fynd i'r toiled (oedd ddim yn gelwydd noeth achos mi o'n i angen piso oherwydd y nerfau, mae'n siŵr), es i'n syth at y swyddfa, cnocio ar y drws ac aros i Prysor ddweud 'Dewch i mewn'.

Camais i'r swyddfa ac astudio'r llawr am hir. Clywais Prysor yn holi, 'Pwy sy 'na? Pegi?' a 'Be sy?' ac 'Allan â fo' sawl tro. Ac o'r diwedd wnes i fagu digon o blwc i godi 'mhen, edrych yn syth i lygaid Prysor a dweud yn ffurfiol,

'Rydw i'n gwybod y gwir amdanach chi, syr. Rydych chi'n colli'ch golwg.'

Yn rhyfeddol, wnaeth Prysor ddim gwadu. I'r gwrthwyneb, roedd o bron yn falch fod y gyfrinach fawr wedi'i datgelu. Dechreuodd siarad a doedd dim stop arno fo – daeth y cyfan allan. Soniodd ei fod wedi sylwi rai misoedd yn ôl fod ei olwg yn pylu, a'i fod yn cael mwy a mwy o anhawster gweld yn bell. Yn methu nabod wynebau pobol, a methu gweld patrymau'r carthenni a pheiriannau gwehyddu'r ffatri'n glir.

Yna aeth ymlaen i egluro ei fod o, erbyn hyn, yn cael trafferth sgwennu a darllen yn iawn. Agorodd ambell un o'r llyfrau cyfrifon mawr a dangos i mi gymaint mwy blêr oedd ei ysgrifen wedi mynd dros gyfnod byr, ond ei fod wedi cuddio'r peth.

'Roedd gen i ofn, ti'n gweld, Pegi,' meddai efo llygaid hynod o drist. 'Ofn y byddai Amos yn ffeindio allan ac yn rhoi'r sac i mi. Pwy sy eisiau cyfrifydd sy'n methu gweld yn iawn?' Aeth ymlaen i egluro beth oedd Anni a fi wedi'i ddyfalu – doedd o ddim yn gallu fforddio sbectol am ei fod yn cynnal teulu mawr a bod Jac, ei fab, angen gofal Doctor Richards, oedd yn costio'n ddrud.

Dywedais i wrth Prysor fod Amos yn gwybod am ei olwg ac wedi manteisio ar hynny i bocedu'r arian er mwyn prynu contraband. Es ymlaen i sôn am y noson welais i Amos ar y cei yn harbwr Pwllheli yn bargeinio, a hefyd 'mod i wedi ysbïo ar y ddau'n cyfri'r arian yn y swyddfa ac Amos yn dwyn hanner y pres reit o flaen ei lygaid.

Roedd Prysor wedi'i syfrdanu, yn methu credu'r peth.

'Beth? Amos, o bawb, yn lleidr? A fynta'n rheolwr y ffatri ac yn agos at Syr Hugh. Bobol bach!' meddai Prysor. 'Felly, Pegi fach, mae dy frawd yn ddieuog.'

Cododd ar unwaith, estyn am bentwr o'r llyfrau cyfrifon a'u stwffio i mewn i gês lledr. Top côt amdano, top het ar ei ben, ffon gerdded yn ei law, a throdd ata i'n frysiog.

'Rhaid i ni fynd i'r llys y munud yma, Pegi, er mwyn deud y gwir am Amos wrth Syr Hugh ...'

Fi orffennodd ei frawddeg, '... a chlirio enw Ifor.'

32

A dyna wnaethon ni, Prysor yn camu o 'mlaen i efo'r cês llawn llyfrau cyfrifon trwchus dros ei ysgwydd, ei wallt hir yn chwythu a'i het yn balansio'n simsan ar ei glustiau mawr gan ei fod yn cerdded mor gyflym. Roeddwn i'n sgipio a rhedeg bob yn ail er mwyn dal i fyny ag o. Roedd Crawc yn hedfan yn uchel uwch ein pennau ac yn crawcian yn swnllyd, yn synhwyro bod rhywbeth mawr ar fin digwydd.

Ond yn y llys aeth popeth o chwith. Neithiwr, roedd Anni wedi addo dod i 'nghyfarfod i yno er mwyn i ni'n dwy weld Syr Hugh efo'n gilydd, ond doedd dim golwg ohoni hi'n unlle. Ar ôl sefyllian tu allan i'r adeilad am hir, roedd hi'n amlwg nad oedd Anni am ddod i helpu, ac i mewn â Prysor a fi i'r adeilad crand er mwyn wynebu Syr Hugh John Ellis ein hunain.

Roedd fy nghoesau'n crynu fel jeli a 'mol i'n slwj wrth i ni gamu i fyny'r grisiau marmor, ar hyd y coridor a chnocio ar y drws pren tywyll efo 'Ustus Heddwch' wedi'i gerfio ar y plac hirsgwar o fràs sgleiniog.

'Dewch i mewn.'

Y tu ôl i ddesg lydan yng nghanol y stafell roedd Syr Hugh yn eistedd, â phentyrrau o bapurau a llyfrau'r gyfraith o'i flaen. Ar ôl cyfnod oedd yn teimlo fel oes, cododd ei ben a syllu'n syn ar Prysor tal a fi fach. Yna nodiodd yn ddiamynedd er mwyn i ni egluro pam oeddan ni yno'n gwastraffu amser dyn mor bwysig.

Reit, dyma fy nghyfle. Fy unig gyfle. Amdani, Pegi. Bydda'n ddewr.

Edrychais i'n syth i fyw llygaid Syr Hugh ac yn bwyllog fe ddywedais i bob dim; am Amos, am Ifor, am olwg wan Prysor. Trwy'r cyfan roedd Prysor wrth fy ochor yn nodio'n gefnogol. Roedd wyneb Syr Hugh yn galed a llwyd fel llechen. Dim emosiwn. Ond pan agorais y llyfrau cyfrifon a dangos yr ysgrifen traed brain i Syr Hugh, mi ffrwydrodd.

'Beth yw'r blerwch yma? Galw'r rhain yn gyfrifon? Prysor Puw, eich gwaith chi yw hwn?'

'Wel ia, Syr Hugh, ond alla i ddim fforddio sbect—'

'Does dim math o gyfiawnhad am waith esgeulus fel hyn.' Roedd Syr Hugh yn goch fel bitrwt, wedi gwylltio cymaint, ac yn taro ei fys yn galed ar y llyfr. Roedd wedi diystyru ein tystiolaeth am Amos y lleidr, ac yn meddwl bod ysgrifen flêr Prysor yn waeth na dim.

'Ond syr, dach chi ddim yn dallt.' Fi ddywedodd hynna, gwaetha'r modd.

'Ddim yn dallt? Ddim … yn … dallt?' Cododd Syr Hugh ar ei draed ac edrych i lawr arna i. Dychrynllyd. Ond allwn i ddim stopio rŵan.

'Dach chi ddim yn dallt bod hyn yn profi bod Amos yn pocedu arian y ffatri, a bod Prysor yn methu gweld ei fod o'n dwyn?' Roeddwn i'n daer, yn halio ei fraich yn ffyrnig, yn poeni dim 'mod i'n crafangu un o ddynion pwysicaf Sir Gaernarfon. 'Ac felly bod Ifor, fy mrawd, wedi cael bai ar gam. Mae o'n ddieuog.'

Roedd Syr Hugh yn gandryll. Ysgydwodd fi i ffwrdd o'i fraich fel taswn i'n gi bach yn brathu ar ei lawes.

'Rydw i'n siomedig ynddot ti, Pegi. A chithau Prysor, siomedig iawn. Ewch i Ffatri Rhyd Ddu a chliriwch eich desg ar unwaith. Cerwch o 'ngolwg i,' meddai Syr Hugh a gorchymyn y Cwnstabl i'n hel ni o'r adeilad. 'Neu fyddwch chithau'n cael eich arestio hefyd.'

33

Oedd, roedd hi'n ddiwrnod hollol drychinebus. Sut aeth popeth o chwith fel'na? A finnau'n hollol siŵr fod gen i'r dystiolaeth roedd ei hangen i arestio Amos a rhyddhau Ifan. Ond doedd gan Syr Hugh ddim diddordeb. Wnaeth o ddim hyd yn oed gwrando'n iawn. Fel ddywedodd Guto Pendre wrth giatiau Gwag y Nos, dydy'r byddigions byth yn gwrando arnon ni, y werin dlawd.

Rŵan, dwi a Prysor yn ôl yn y ffatri, yn eistedd yn y swyddfa, ac yn methu meddwl am unrhyw beth i'w ddweud. Mae fy nghorff wedi sigo, a'r stwffin y tu fewn i mi wedi mynd i gyd – fel sach wlân hollol wag. Mater o amser fydd hi cyn y daw'r newyddion bod Ifor wedi'i farnu'n euog. Ifor druan wedi cael bai ar gam. Sut alla i egluro hynny wrth Nain?

Dwi erioed wedi teimlo mor unig a diymadferth. Does dim byd mwy galla i ei wneud. Dwi wedi methu.

Crawc! Tap-tap ar y ffenest. Crawc sy 'na ond dwi prin yn cymryd sylw.

Crawc! Crawc! Mae hi'n chwifio'i hadenydd yn erbyn y ffenest yn ffyrnig, ac yn taro'i phig yn galed yn erbyn y gwydr. *Crawc! Crawc!*

Mae rhywbeth mawr o'i le.

Crawc! Crawc!

Nain!

Dwi'n neidio ar fy nhraed a rhuthro allan. Mae rhywbeth wedi digwydd i Nain. Rhedaf drwy'r goedwig tuag at dyddyn Pwll Bach, fy ngwynt yn fy nwrn, a Crawc yn hedfan uwch fy mhen. Y peth cynta wela i wrth nesáu at y bwthyn ydy'r drws yn lled-agored.

‘Nain! Nain! Lle ’dach chi, Nain?’ Dwi’n rhedeg i mewn a bloeddio dros y bwthyn, gan wybod yn iawn nad oedd hi adre, a fwy na thebyg yn crwydro’n droednoeth o gwmpas yr ardal. Sgen i ddim syniad lle mae hi, ond mewn coedwig drwchus rhwng afonydd gwyllt, does unlle yn yr ardal yma’n saff.

‘Crawc, dos di i fyny ffor’na, af i ffordd hyn,’ gwaeddaf, gan anfon Crawc tua’r goedwig, a dwi’n rhedeg nerth fy nhraed drwy’r coed at y lôn sy’n arwain i lawr at afon Rhyd Ddu. Lle ’dach chi, Nain? Lle yn y byd ydach chi? Mae fy meddwl i’n rasio – dydw i ddim wedi gofalu am Nain o gwbwl wythnos hon. Yng nghanol yr holl drafferthion efo Ifor ac Amos, mae Nain druan wedi cael ei hanwybyddu’n llwyr. Dwi wedi’i gadael am oriau ar ei phen ei hun, a’i chau yn y gwely wensgot yn y gobaith y gwnaiff hi ddim crwydro. Mae gen i gywilydd. Os oes rhywbeth drwg wedi digwydd i Nain, wna i byth faddau i fi fy hun.

Wrth gyrraedd y lôn, gwela i rywbeth mawr du’n rasio rownd y gornel ac yn taranu yn syth amdana i. Clywaf sŵn ceffylau’n carlamu, olwynion cerbyd yn sgrialu a’r gyrrwr yn gweiddi,

‘Woooooaa! Woooooaa!’

Alla i ddim symud. Dwi’n sefyll fel delw yn syllu ar y ceffylau’n dod yn agosach ac yn agosach, eu carnau mawr yn dyrnu, a'u llygaid yn rowlio 'nôl yn wyn yn eu pennau tywyll.

'Woooaa!' arall a jest mewn pryd mae'r ceffylau mawr du sy'n tynnu'r cerbyd yn dod i stop reit o 'mlaen i. Mae drws y cerbyd yn agor a phwy sy'n neidio allan gan weiddi ond Anni.

'Pegi! Pegi! Ti'n iawn? Ma'n ddrwg 'da fi am beidio dod i'r llys bore 'ma, roedd rhaid i fi aros gyda Meistres Ellen am ei bod hi'n teimlo'n sâl.'

'Ia, Pegi, arna i oedd y bai,' meddai Meistres Ellen gan roi ei phen allan drwy ddrws y goets.

'Sdim ots am hynna rŵan. Mae Nain ar goll, yn crwydro'n rhywle,' medda fi'n gyflym, wedi colli 'ngwynt a'm calon yn dal i guro'n wyllt. 'Chi'n gwbod pa mor beryglus ydy afon Rhyd Ddu, yn enwedig wrth olwyn y felin.'

Crawc! Crawc!

Dyma Crawc yn bomio i lawr a hedfan rownd fy mhen gan grawcian – mae hi wedi gweld rhywbeth ac eisiau i mi ei dilyn hi. 'Nôl i fyny â hi i'r awyr a hedfan i gyfeiriad y ffatri, a melin ddŵr Rhyd Ddu.

'Ffor'ma. At y ffatri.' Dwi'n dechrau rhedeg, ac Anni tu ôl i mi. Rhed Pegi, rhed nerth dy draed, adroddaf drosodd a drosodd, gan weddïo nad ydan ni'n rhy hwyr i achub Nain.

34

'Dewch at y tân i g'nesu.'

Yn swyddfa'r ffatri wlân ydan ni a dwi'n helpu Nain at y tân. Mae hi'n wlyb domen, wedi fferru gan oerfel, a'i chroen yn laswyn ar ôl syrthio i'r afon. Dwi'n tynnu ei sgert a'i sanau ac yn ei harwain i eistedd ar y gadair ledr o flaen y tân. Dim ond ei phais sy amdani a dyma Anni'n lapio carthen newydd Meistres Ellen am ei gliniau, y garthen wnes i ei chynllunio. Ar unwaith, mae Nain yn teimlo'r brethyn ac yn byseddu'r adar bach, fel petai hi'n reddfol yn adnabod fy ngwaith i.

Mae golwg ddychrynllyd arni, ei gwallt fel gwlân heb ei gardio a golwg bell yn ei llygaid. Fyswn i'n taeru bod Nain wedi heneiddio ugain mlynedd ers ben bore 'ma.

'Dewch â thebotaid o de i bawb, os gwelwch

chi'n dda, Prysor,' meddai Meistres Ellen yn garedig, 'a rhywbeth melys i Esther ei fwyta – mae hi angen cael ei nerth yn ôl.'

Oedd, mi oedd Nain wrth y felin ddŵr, yn beryglus o agos at afon wyllt a byrlymus Rhyd Ddu. Dim ond cael a chael oedd hi, ond lwyddon ni i'w dal hi cyn iddi gamu i mewn i'r llif. Nôl y menyn a llefrith oedd hi, medda hi, wedi ffwndro go iawn y tro yma, a dim syniad lle roedd hi. Diolch i'r drefn, mae hi'n ddiogel yng ngwres swyddfa'r ffatri, a Meistres Ellen yn mynnu ei bod hi'n cael aros yma nes ei bod wedi dod ati ei hun ac yn ddigon da i gael mynd adre i dyddyn Pwll Bach.

Wrth i ni i gyd aros yn y swyddfa yn ffysian dros Nain, mae cyffro mawr y tu allan i'r drws. Amos. Yn ôl o'r llys ac yn bloeddio ar Twm Tomos, Jonah ac Idwal.

'Euog!'

Un gair bach. Ond gair hollol arswydus. Dwi'n gwegian, yn dal cadair Nain i sadio fy hun. Oni bai 'mod i'r gorfod rhoi sioe o actio'n normal o flaen Nain, byswn i wedi llewygu.

'Ydy, bois, mae o'n euog o ddwyn o'r ffatri.'

Dwi'n dal llygad Anni, a methu dweud dim.

Dagrau'n cronni, dwylo'n crynu, anadlu'n gyflym. Cipolwg sydyn ar Nain – mae hi'n pendwmpian, a dim clem be sy'n digwydd, diolch byth. Ond mae pawb yn y swyddfa yn syllu arna i wrth i Amos weiddi siarad dros y ffatri i gyd. Wrth ei fodd.

'Dyna ddiwedd ar y rebel, ar "achubwr" y gweithwyr. Fydd o ar long i ynys Van Diemen o fewn dyddiau – digon pell allan o'n ffordd ni, hogia. Dowch, 'dan ni'n haeddu peint ar ôl y newyddion yna.'

Yn sydyn, mae Nain yn styrian. Ac fel petai hi wedi deffro o ryw fath o drwmgwsg, mae hi'n codi'i phen, yn bywiogi drwyddi, ac yn dweud,

'Edward? Be mae Edward yn neud yn fan'ma?'

'Be? Amos sy 'na, Nain,' medda fi, a gweddïo'n

ddistaw bach. Plis Nain, peidiwch â dechrau ffwndro eto, fan hyn o flaen pawb. 'Amos Wilias.'

'Na, llais Edward Morris ydy hwnna.' Mae hi'n taeru, ac yn pwyntio i gyfeiriad Amos, sy'n sefyll efo'i fwlis y tu allan i'r drws a'i gefn aton ni.

'Shh!' Mae Anni'n trio tawelu Nain cyn i Amos glywed.

'Mae hi'n amlwg wedi drysu, druan ohoni, y profiad wedi dweud arni,' meddai Meistres Ellen yn nawddoglyd. 'Dyna ni, Esther, yfwch eich te a byddwch chi'n teimlo'n well cyn bo hir.'

Ond mae Nain yn benderfynol, yn gwrthod cael ei thawelu.

'Fyswn i'n nabod y llais yna'n unrhyw le,' meddai'n uwch fyth, wedi cynhyrfu'n llwyr, ac yn pwyntio at Amos.

Mae rhywbeth mawr wedi'i chorddi hi. Dydw i ddim wedi gweld Nain mor effro â hyn ers misoedd. Dwi'n bloeddio'n uchel,

'Hisht bawb! Gwrandwch, wnewch chi? Mae Nain eisiau deud rhywbeth.' Dwi'n gweiddi dros y lle, ac yn mynnu bod Nain yn cael cyfle i siarad. Ar ôl i bawb dawelu, dwi'n mynd ar fy nghwrcwd a dal ei llaw fach gynnes hi, y croen fel papur sidan.

'Be sy, Nain?'

'Edward ydy hwnna. Edward Morris,' meddai

Nain mewn llais cryf. 'Roedd Edward Morris yn gweithio yn Ffatri Wlân Bryncir ers talwm.'

Dyma Amos yn agor y drws ac yn rhuthro i mewn i'r swyddfa, yn amlwg wedi clywed.

'Peidiwch â chredu dim mae'r hen wraig yma'n ei ddeud, dydy hi ddim yn gall,' gwaedda'n uchel er mwyn siarad dros Nain. 'Seilam Gwag y Nos ydy'r unig le i hon.'

'Tawelwch,' meddai Meistres Ellen yn awdurdodol.

Edrychaf i fyw llygaid Nain. 'Cariwch ymlaen.'

'Ia, Edward Morris ydy'r dihiryn yma, Pegi fach. Wna i fyth anghofio hwn, achos fo oedd fforman Ffatri Wlân Bryncir ers talwm. A fo oedd yn gyfrifol am y ddamwain laddodd dy dad, 'mechan i. Damwain fysa erioed wedi digwydd petai Edward Morris wedi gwneud yn siŵr bod y peiriannau'n saff.'

Mae pawb yn nodio, a'u llygaid mawr crwn yn porthi i Nain barhau efo'r stori. Ddim bod angen ei hannog, mae hi'n mwynhau cynulleidfa.

'Yn syth ar ôl y ddamwain a laddodd Emrys, fy mab, a thad Pegi ac Ifor, mi ddiflannodd Edward Morris. Wedi cael job newydd yn Lerpwl, meddan nhw, ond doedd neb yn siŵr iawn be ddigwyddodd iddo fo.'

Dyma Nain yn sgriwio'i llygaid i weld yn well ac yn rhythu ar Amos.

'Ond rŵan 'dan ni'n gwbod yn iawn be ddigwyddodd. Newidiodd ei enw i Amos Wilias, a symudodd i'r ardal yma a dechrau eto yn Ffatri Rhyd Ddu. Fysa neb wedi'i nabod o rownd Pen Llŷn 'ma, yn enwedig dan y locsyn trwchus 'na.' Dyma Nain yn pwyntio'i bys yn syth ato ac yn ychwanegu, 'Ond dwi'n dy nabod di'n iawn, Edward Morris. A ti'n gwybod hynny, dwyt – wedi sylweddoli pwy o'n i ac Ifor reit o'r dechrau. Dyna pam ti wedi fy osgoi i ers blynyddoedd, a dyna pam ti wedi ceisio dy orau glas i gael gwared ohonon ni, deulu Pwll Bach.'

Mae pawb yn syllu ar ei gilydd mewn sioc wrth i Nain yn eistedd yn ôl yn ei chadair esmwyth a chymryd brathiad fawr o deisen felys.

'Mmm, blasus!'

Ddigwyddodd pethau'n gyflym wedyn, a chamodd Prysor at Amos yn barod i'w ddal. Ond rhoddodd Amos hwyth iddo a syrthiodd ar draws ei ddesg ar ben ei lyfrau cyfrifon i gyd. Mewn eiliadau, roedd Amos wedi cipio goriadau Prysor o'i boced, rhuthro allan drwy ddrws y swyddfa, ei gau'n glep a'n cloi ni mewn. Erbyn i ni sylweddoli be ddigwyddodd, roedd Amos wedi heglu hi o'r ffatri ac yn rhedeg i gyfeiriad y goedwig.

O fewn dim, mae Anni wedi tynnu pin allan o'i gwallt ac agor y clo, a dyma ni'n dwy'n rasio ar ei ôl. Ond mae o ymhell o'n blaenau ni. Wnawn ni byth ei ddal o. Mae o am ddianc.

Crawc!

Yn hedfan fel bwled uwch ein pennau ac yn anelu'n syth at Amos mae Crawc.

Crawc!

Ymhen eiliadau, mae hi wedi'i gyrraedd ac yn hedfan rownd a rownd ei ben gan grawcian, pigo ac ysgwyd ei hadenydd nes bod Amos yn troi a throelli, yn paffio efo'r awyr. Yn y ffradach, dyma Amos yn baglu dros dwmpath o redyn a syrthio'n swp ar y llawr. Ac ar unwaith, mae Crawc yn glanio ar ei frest, ei chrafangau miniog yn rhwygo'i grys lliain a'i phig hir wedi'i blannu mewn rhych reit rhwng ei lygaid. Mae'r *corvus* gwyllt yma'n ddigon i godi ofn ar fwli mwya'r ardal.

Mae holl weithwyr y ffatri wedi dod allan, a phawb yn syllu ar yr olygfa o'u blaenau mewn syndod. Does neb yn gallu coelio'r hyn sy newydd ddigwydd – neb wedi gweld brân yn ymosod ar ddyn o'r blaen, heb sôn am un mawr a chryf fel Amos Wilias, alias Edward Morris. Mae'r holl beth yn anghredadwy.

‘Da iawn ti, Crawc,’ medda fi wrthi’n ddistaw bach, gan fwytho plu esmwyth ei phen.

Ar frys, mae Prysor yn clymu garddyrnau Amos efo gwlân coch tywyll, ei arwain yn ôl i’r ffatri a’i gloi yn y swyddfa. A phawb yn syllu drwy’r gwydr er mwyn cael gweld Amos yn cicio a rhuo fel anifail mewn cawell.

Wedi’i ddal, does dim dianc i hwn rŵan.

35

Noswyl Nadolig ydy hi erbyn hyn, ac mae misoedd lawer wedi mynd heibio ers helyntion Amos ac Ifor a'r garthen dlos. Ym Mhlas Bodfel ydw i, mewn clamp o barti hwyliog i ddathlu'r ŵyl. Mae pawb o Ffatri Rhyd Ddu yma, wedi cael gwahoddiad gan Syr Hugh John Ellis er mwyn diolch i ni i gyd. Ac mae'r bonheddwr ei hun yn sefyll wrth gasgen fawr o gwrw ac yn tollti tanceri llawn i bawb sy'n dod i mewn i'r neuadd.

'Dewch i mewn, dewch i mewn. Croeso i chi gyd. Iechyd da!'

Mae o bron iawn â rhoi tancard llawn o gwrw i mi, cyn iddo fo gofio faint ydy f'oed i.

'O Pegi, tyrd â hwnna yn ôl i mi. Sudd afal sy i chi bobol ifanc!'

Od ein bod ni blant yn ddigon hen i wneud oriau

o waith peryglus yn y ffatri ac oriau o waith tŷ ar ôl mynd adre, ond yn rhy ifanc i yfed cwrw. Ddim 'mod i'n poeni chwaith – ges i sip gan Ifor unwaith a'i boeri allan yn syth. Ych a fi, roedd o'n blasu fel sudd neidr wedi marw!

Mae'r stafell fawreddog yn orlawn o bobol, ac alla i ddim stopio syllu ar bawb. Gwelaf Ifor a Nanw Cae Crin yn loetran dan yr uchelwydd, y ddau'n gobeithio am gusan fach gyfrinachol. Mae Ifor yn edrych mor smart yn y gôt frethyn wnïodd Nanw iddo, a hithau'n gwisgo'r rhuban coch yn ei gwallt a gafodd hi'n anrheg gan Ifor. Mae Nain yn fan'cw, yn eistedd wrth ochor Meistres Ellen, ac yn rhannu cacen Nadolig llawn cyraints. Mae Prysor Puw a'i wraig yn dawnsio'n braf – Prysor yn smart iawn yn ei sbectol pot-jam. Dacw'r cwc, Mrs Bowen fach, gron yn cael ei throi mewn cylchoedd gan Dafydd Ifan dal a herciog. A dyma hi Beti'r forwyn fach yn gosod plât mawr o gig ar y bwrdd bwyd, cyn gafael ym mraich Moc a'i dynnu at y ciw o gariadon dan yr uchelwydd – a hwnnw efo gwên wirion ar ei wyneb, sy ddim syndod ar ôl yr holl gwrw mae o wedi'i slochian ar y slei.

Daw Anni'n syth ata i, dal fy llaw a fy arwain at y bwrdd hir sy'n sigo dan bwysau'r holl fwyd.

'Dere Pegi, llenwa dy blât. Mae'r pastai bach 'na'n fendigedig. Cyrraedd safonau uchel Mrs Bowen y cwc, weden i.'

'Cystal â hynny?' A dyma ni'n dwy'n gwenu wrth gofio'r adeg honno yn y gegin fawr ar y ffordd i weld Syr Hugh. Amser maith yn ôl oedd hynny. Oes arall.

'Drycha pwy sy draw fan'na.' Mae Anni'n pwyntio at ddau lanc yn ffraeo dros y nionyn picl olaf.

Dyma'r tro cynta i mi weld Albi a Twm, yr efeilliaid, ac maen nhw'r un ffunud. Yr un gwallt tywyll, trwynau eu tad, llygaid mawr. Welais i ddim byd tebyg erioed. Rhyfeddol.

Ar ôl bwyd, mae'r band yn ailddechrau chwarae a phawb yn neidio ar eu traed i ddawnsio. Wrth i Anni a fi ddawnsio, mae'r efeilliaid yn syllu arnan ni'n dwy. Twm yn edrych arna i, ac Albi yn gwneud llygaid llo bach ar Anni, yn ei hoffi hi, mae'n amlwg, a hithau'n sylwi dim.

'Polca!' meddai Syr Hugh gan chwifio ei freichiau yn yr awyr fel petai'n arwain y band.

Yr eiliad mae'r band yn dechrau chwarae'r polca, dyma Albi a Twm yn rhedeg draw at Feistres Ellen ac, un bob ochor, yn codi hi'n uchel yn ei chadair ac yn dawnsio i'r rhythm bywiog.

'Ty'd, Guto,' meddai Ifor, ac ar unwaith, mae'r ddau'n rhuthro at Nain ac yn gwneud yr un peth, nes bod Nain a Meistres Ellen yn cael eu hyrddio rownd a rownd mewn dawns wyllt. Mae Nain yn chwerthin a chwerthin, ei llais fel rhaeadr fach yn tincial. Yn cael modd i fyw.

36

Do, cafwyd cyfiawnder. Cafodd Ifor ei ryddhau. Cafodd Edward Morris ei ddyfarnu'n euog o ddwyn o Ffatri Rhyd Ddu a chael ei anfon i ynys Van Diemen. Doedd dim digon o dystiolaeth i brofi mai Edward Morris oedd ar fai am y ddamwain laddodd Tada, gwaetha'r modd. Ond doedd hynny'n synnu neb, â phedair blynedd wedi pasio ers y drychineb yn Ffatri Bryncir. Mae Edward Morris wedi cael ei gosbi am ddwyn, a bydd rhaid i ni fodloni ar hynny.

Yn Ffatri Rhyd Ddu, newidiodd popeth.

Am wythnosau, bu Syr Hugh John Ellis ac Ifor yn trafod pethau efo ni'r gweithwyr – oriau gwaith, tâl, gwyliau, diogelwch – gan wrando ar bawb, hyd yn oed plant fel fi. Bu Gruffudd y peiriannydd yn tsiecio'r holl beiriannau yn y ffatri i wneud yn siŵr eu bod nhw'n ddiogel ac yn gweithio'n llyfn.

Trefnodd Meistres Ellen i bawb gael gwersi darllen, ysgrifennu a rhifyddeg bob amser cinio dydd Gwener – a llond bol o gawl hallt Mrs Bowen!

Am y tro cynta erioed, roeddan ni'r gweithwyr yn cael ein trin yn deg. Ac ar ôl mis heb i Amos ddwyn arian, roedd y ffatri wedi gwneud digon o elw i ni gael mwy o gyflog – rhagor o bres yn ein pocedi.

Roedd hi fel petai pwysau mawr wedi codi oddi ar ein sgwyddau ni i gyd. A'r peth mwya od oedd ein bod ni'n mwynhau'n gwaith. Fyswn i ddim yn mynd mor bell â dweud ei bod ni'n cael hwyl – job oedd o wedi'r cyfan, ond roeddan ni'n hapusach. Ac am ein bod yn hapusach, roedd y ffatri'n ffynnu.

Mae Anni a finnau'n ffrindiau pennaf. Ni sy'n gyfrifol am greu patrymau newydd i garthenni'r ffatri – yn cael dewis y lliwiau a phopeth. Ac rydan ni fel chwiorydd, yn mynd am dro bob pnawn Sul ac yna i Blas Bodfel am de. Bydda i'n gwisgo un o'i hen ffrogiau smart hi, wedi'i thynnu i mewn er mwyn ffitio, wrth gwrs, oherwydd mae Anni'n dipyn talach na fi, a dal heb stopio tyfu. Gydag un o'i hetiau posh ar fy mhen, dwi'n teimlo fel y Frenhines Fictoria ei hun!

Does dim gwella i Nain, gwaetha'r modd, ond ers i bethau ddod yn haws i Ifor a fi yn y ffatri, gallwn ni fforddio bwyta'n dda. A chael mwy o amser rhydd i'w dreulio yng nghwmni Nain, yn rhannu atgofion am y dyddiau a fu – Nain, Tada, Ifor a fi yn y tŷ rhes ym mhentre Bryncir, a Mam hefyd, cyn i mi gael fy ngeni. Bob cyfle ga i, bydda i'n holi Nain yn dwll am Mam, cyn i'r atgofion ddiflannu am byth.

Anaml fydda i'n gweld Crawc erbyn hyn. Hedfanodd i ffwrdd un bore, at yr haid yng nghanol y goedwig. "Mae brân i bob brân yn rhywle" ydy'r dywediad, yndê, a do, mae Crawc wedi ffeindio'i brân sbesial hi. Fedra i ddim aros i glywed ei chrawc swnllyd yn y gwanwyn. A gobeithio, jest gobeithio, y bydda i'n clywed llond nyth brain o gywion bach ciwt yn crawcian allan o diwn.

A beth amdana i? Ydw, dwi'n dal yn od. 'Chydig yn swil o hyd.

Ond dydy hynny'n poeni dim arna i erbyn hyn. Sdim rhaid i mi guddio pwy ydw i, na ffitio i mewn, na bod fel pawb arall.

Am y tro cynta erioed ga i fod yn fi fy hun – Pegi Pwll Bach.

Gwahanol. Arbennig. Unigryw.

Ac yn falch o fod felly.

Sioned ydw i, a fi yw awdur *Y Garthen*.

Antur Fictoraidd yw *Y Garthen* a dyma'r drydedd nofel yn y gyfres, yn dilyn *Gwag y Nos* a *Wyneb yn Wyneb*. Ond does dim rhaid eu darllen mewn trefn arbennig, ac mae ambell gymeriad yn ymddangos drwy'r gyfres. Un o brif gymeriadau *Y Garthen* yw Anni Baako, yr arwres helpodd Twm i achub Albi yn *Wyneb yn Wyneb* ac sydd erbyn hyn yn byw ym Mhlas Bodfel efo teulu Syr Hugh.

Yn *Y Garthen* mae Pegi a'i brawd, Ifor, yn gweithio yn Ffatri Wlân Rhyd Ddu ym Mhen Llŷn efo tua ugain o weithwyr eraill. Ffuglen ydy hynny – doedd dim ffatri fawr fel Rhyd Ddu yn yr ardal ond roeddwn i angen gosod y stori mewn gweithle prysur. Mae Ffatri Bryncir yn bodoli ac yn gwneud carthenni hyd heddiw. Roedd y diwydiant gwlân yn bwysig iawn yng Nghymru ac mae llawer o wybodaeth ar gael yn Amgueddfa Wlân Cymru.

Yn *Y Garthen*, mae Pegi yn darganfod celc mawr o arian sy'n werth pum punt, un ar ddeg swllt a saith ceiniog – gwerth tua £5.60 heddiw. Mae hi'n meddwl bod hynny'n ffortiwn, ond dydy o ddim yn swnio fel llawer i ni, nac ydy? Ond y dyddiau yma, byddai'r arian yna'n werth tua £870!

Ers talwm, roedd arian yn wahanol, a dyma sut mae'n cymharu â heddiw:

- ☞ Sofren = darn wedi ei wneud o aur pur, oedd werth un bunt
- ☞ Hanner sofren = darn aur oedd werth hanner hynny, sef 50c heddiw
- ☞ Punt = £1 heddiw
- ☞ Coron = 50c heddiw
- ☞ Hanner coron = 25c heddiw
- ☞ Swllt = 5c heddiw
- ☞ Ceiniog = ceiniog, roedd 12 ceiniog mewn swllt
- ☞ Dimau = hanner ceiniog, dim yn bodoli heddiw
- ☞ Ffarddin = chwarter ceiniog, dim yn bodoli heddiw

Oeddech chi wedi synnu bod Crawc, y frân mae Pegi wedi ei dofi, yn gallu siarad? Mae'n ffaith bod teulu'r *corvus* yn hynod o ddeallus ac yn gallu dysgu dros gant o eiriau!

Gobeithio y gwnewch chi fwynhau *Y Garthen* ac y bydd y stori yn eich sbarduno i ddarganfod mwy am fywydau plant yn Oes Fictoria. Gallwch weld beth sy'n wahanol, ac yn bwysicach, beth sy'n debyg i'ch bywyd chi heddiw.

SWR Mawrth 2025